GEBORGENE GEFÄHRTIN

CATAMOUNT LÖWENSHIFTER REIHE
BUCH 1

J.H. CROIX

PROLOG

Vor Jahrhunderten flüchteten sich die Berglöwen in den nördlichen Appalachen immer tiefer in die Berge, um sich davor zu schützen, dass die Menschen immer weiter in ihr riesiges Revier vorstießen. Sie entwickelten die Fähigkeit, sich von einem Menschen in einen Berglöwen und wieder zurück zu wandeln, um ihre Art vor dem Aussterben zu bewahren, während sie unbemerkt weiterleben konnten. So hielten alle Leute diese imposanten Wildkatzen für eine bloße eine Legende. Berichte über Sichtungen wurden als kühne Gerüchte abgetan. Als eine Unmöglichkeit. Bis eines Abends auf einer stark befahrenen Straße ein Auto in der Dunkelheit ein Tier erfasste. Das war die erste bestätigte Sichtung eines Berglöwen im Osten seit fast fünfundsiebzig Jahren. Die Wildkatze verstarb, ihr einzigartiges Leben war von einem Auto ausgelöscht worden. Doch dieser Berglöwe war kein gewöhnlicher Berglöwe. Die Autopsie ergab, dass es sich tatsächlich um einen Berglöwen gehandelt hatte und dass dieser Löwe vermutlich über 2.000 Kilometer von South Dakota aus zurückgelegt hatte – die längste bekannte Wanderung eines solchen Tieres. In Catamount, Maine, lebten die

Shifter mitten unter den Menschen und schützten ihre Art seit Jahrhunderten erfolgreich. Bis einer der ihren einen unwahrscheinlichen Tod fand und sie von einer Bedrohung für ihre Art erfahren mussten.

KAPITEL EINS

Dane Ashworth schlüpfte durch die Schwingtür in Roxanne's Country Store und fand sich in einer kleinen Ansammlung von Leuten wieder. Roxannes Laden war praktisch der Nabel der Welt, soweit das Catamount, im Bundesstaat Maine, betraf. Heute Morgen liefen bei Roxanne, der Inhaberin, die Nachrichten und nicht wie üblich eine Talkshow. Dane warf einen Blick auf den Bildschirm und sah dort einen verendeten Berglöwen am Straßenrand liegen – ein majestätisches Tier, das von einem unachtsamen Autofahrer umgebracht worden war. Ihm schnürte es das Herz zusammen, und er bekam es mit der Angst zu tun. Doch er wusste nicht ganz, was er davon halten sollte. Der Reporter verkündete, dass dies die erste bestätigte Sichtung eines Berglöwen in Neuengland seit achtunddreißig Jahren war, als ein Berglöwe in Maine eingefangen worden war. Östliche Berglöwen waren mittlerweile für ausgerottet erklärt worden.

In Catamount jedoch lebte die verborgene Wahrheit mitten unter den Menschen – Berglöwen hatten sich vor Jahrhunderten weiterentwickelt und menschliche Gestalt angenommen. In den Nachrichten wurde nun die Autopsie gezeigt und ein veterinärmedizinischer Gutachter befragt. Der Gerichtsmediziner berichtete, dass die betreffende Raubkatze mit einem Peilsender versehen worden war. Wissenschaftler waren erstaunt und beeindruckt von den Ergebnissen. Das Tier war vom Mittleren Westen in den Osten Nordamerikas gewandert und hatte dabei über zweitausend Kilometer bis nach Connecticut zurückgelegt – doppelt so weit wie jede bisher bekannte Entfernung für einen Berglöwen.

Erst da erkannte Dane, dass es sich bei dem Berglöwen um Callen handelte, den Gefährten seiner Schwester. Callen trug eine auffällige Narbe am Hals. Sie war deutlich zu sehen, als die Kamera über seinen Körper schwenkte, der leblos auf dem Stahltisch lag. Dane schloss die Augen, und Trauer durchfuhr ihn. Seine Schwester würde am Boden zerstört sein. Callen stammte aus einer traditionsreichen Shifterfamilie und galt als einer der führenden männlichen Shifter in dieser Gegend. In seiner menschlichen Gestalt war er viel unterwegs gewesen und hatte in letzter Zeit mehrere Reisen nach South Dakota und Montana unternommen, um herauszufinden, ob an den Gerüchten über Shifter in dieser Gegend etwas dran war.

Wie und warum er als Berglöwe durch Connecticut unterwegs gewesen war, war ebenso rätselhaft wie sein Tod auf dem Highway. Dane blickte sich um und erhaschte schließlich den Blick von Jake, einem guten Freund. Mit einem Kopfnicken trat Dane wieder nach draußen und Jake folgte ihm.

„Was zum Teufel ist hier los?", fragte Dane ohne Umschweife.

„Ich bin selbst gerade erst reingekommen. Hast du

Shana gesehen? Du findest sie besser, bevor sie hier reinkommt und seine Leiche so im Fernsehen sieht", antwortete Jake.

Dane nickte heftig. „Das werde ich. Was sagen denn die Leute so?"

„Alle flippen völlig aus. Warum war er zu Fuß unterwegs gewesen, warum war er in Katzengestalt unterwegs, wieso hat er sich nicht gewandelt, was weiß Shana? Und so weiter und so fort. Alle wollen wissen, wann und warum Callen aufgespürt und verfolgt worden ist."

Dane kramte sein Handy aus der Tasche. „Ich brauche Antworten, und zwar bald. Aber zuerst muss ich Shana finden."

Die nächsten Stunden verbrachte Dane damit, fieberhaft nach Shana zu suchen. Doch sie war nirgends zu finden. Eigentlich hätte sie heute im Krankenhaus Dienst haben müssen. Sie war dort Krankenschwester, während Dane Arzt in der Notaufnahme war. Sie waren gemeinsam von ihrer Mutter aufgezogen worden, die aus einer alten Heilerfamilie innerhalb der Gruppe der Shifter stammte. Er und Shana hatten von ihr das Bedürfnis und die Fähigkeit zu heilen geerbt. Die beiden gehörten zu einer Reihe von Shiftern, die im Krankenhaus arbeiteten.

Nachdem er dort und in Shanas Haus nachgesehen hatte und durch die Stadt gefahren war, um sie zu finden, hielt Dane am Haus ihrer Freundin Phoebe an.

Phoebe öffnete die Tür, ihre dunkelbraunen Augen waren groß vor Angst und Sorge. Phoebe war ein Mensch, eine entfernte Cousine in einer Shifterfamilie. Für ihn war sie wie eine Schwester. Ihre Shifterfamilie und ihre Freunde verteidigte sie leidenschaftlich. Ihr dunkles Haar war zu einem lockeren Knoten hochgesteckt.

Bevor er ein Wort sagen konnte, packte Phoebe ihn am Arm und zerrte ihn ins Haus.

„Ich habe überall nach Shana gesucht. Als ich nach Hause gekommen bin, habe ich gedacht, dass sie vielleicht hier vorbeigekommen wäre. Weißt du, wo sie ist?", fragte sie.

Der Knoten in Danes Magen zog sich zusammen. „Eigentlich hatte ich gehofft, du wüsstest, wo sie ist. Hast du schon die Nachrichten gesehen?"

Phoebe nickte und ihre Augen füllten sich mit Tränen. „Callen ist auf dem Highway in Connecticut ums Leben gekommen. Ich fürchte, Shana hat die Neuigkeit auf dem Weg zur Arbeit mitbekommen. Du musst sie finden, Dane!"

Er nickte. „Ich weiß. Hat sie dir gegenüber in den letzten Wochen denn irgendwas über Callen erwähnt?"

„Nur, dass sie sich Sorgen um ihn gemacht hat, weil er versucht hat, herauszufinden, ob es im Westen Shifter gibt. Sie hat befürchtet, dass er sich in einer Gefahrensituation zu erkennen geben und getötet werden könnte. Sonst hat sie nichts Außergewöhnliches gesagt."

Dane seufzte und fuhr sich durch die Haare. „Verdammt, was zum Teufel war bloß mit Callen los? Ich kann überhaupt nicht verstehen, dass er sich nicht zurückgewandelt hat. Das Ganze ist mir nicht geheuer. Wie zur Hölle hat man ihn bloß aufgespürt?"

Phoebe musterte ihn, und in ihren Augen loderte die Angst. Dann schüttelte sie den Kopf und hob fragend die Handflächen. Dane warf einen Blick auf seine Uhr. „Ich bin auf dem Weg in die Berge. Wahrscheinlich hat sich Shana in eines ihrer Verstecke zurückgezogen. Musst du heute Abend arbeiten?"

Phoebe schüttelte den Kopf, und er fuhr fort. „Macht es dir was aus, hier abzuwarten? Wenn ich sie da draußen verpasse, kommt sie wahrscheinlich hierher, wenn sie wieder in der Stadt ist."

„Kein Problem. Ich bleibe die ganze Nacht hier. Kannst du mich anrufen, sobald du sie findest?"

„Mach ich."

Dane brach auf und rief von unterwegs aus Jake an, um ihn auf dem Laufenden zu halten. Er parkte an einem der Wanderwege, die sich mit dem Appalachian Trail kreuzten, und begab sich auf eine einsame Wanderung. Es war später Nachmittag und er musste bald einen Platz zum Wandeln finden. Als Berglöwe würde er viel schneller vorankommen. So erklomm er einen steilen Abschnitt des Pfades und schlug sich in das dichte Gebüsch. Blitzschnell wandelte er sich, seine Kleidung fiel zu Boden, und sein Fell breitete sich wie eine Welle über seinen Körper aus, bis er schließlich seine Katzengestalt angenommen hatte. Er bewegte sich schnell und leise und mied dabei die Gebiete in der Nähe des stark genutzten Appalachian Trail. Menschen war nicht bewusst, dass der Appalachian Trail vor Jahrhunderten entstanden war, als Berglöwen sich tief in den Bergen versteckt hielten und nach Norden vordrangen, während die Menschen sich in ihrem Revier ausbreiteten. Der Trail endete in Maine jenseits von Catamount am Mount Katahdin – dem Gebiet, in dem der erste Wurf von Shiftern geboren worden war. Die Mutter des Wurfes war bei Einbruch des Winters etwas nach Süden gezogen, direkt vor die Tore von Catamount, das damals, im späten siebzehnten Jahrhundert, eine unbedeutende Siedlung gewesen war. Heute war die Stadt mittelgroß und sehr geschäftig. Gleichzeitig lag sie in der Nähe der Wildnis, wo Berglöwen die Freiheit und Einsamkeit erleben konnten, nach der sie sich sehnten.

Dane lief leise an einem Bergrücken entlang, als er

Stimmen hörte. Wie angewurzelt blieb er stehen und wich zurück. Berglöwen galten im Osten als ausgerottet. Es gab viele Gerüchte über angebliche Sichtungen, und die meisten stimmten. Doch Shifter versuchten, sich möglichst bedeckt zu halten. Sie zogen es vor, dass Berglöwen als alter Mythos angesehen wurden, die schon lange aus den Wäldern des Ostens verschwunden waren. Das war ungefährlicher. Nicht zuletzt hielt Callens tragischer Tod ihnen die Gefahren vor Augen, denen sie ausgesetzt waren. Auch wenn Dane dieser Gefahr tief in den Wäldern von Maine nicht begegnen würde, waren Jäger immer eine Bedrohung, auch wenn die Spezies unter Naturschutz stand.

Er beobachtete, wie eine kleine Gruppe von Wanderern vorbeikam. Dann wurde es still und schließlich tauchte eine einzelne Frau auf dem Weg auf. Er befand sich auf einem steilen Hügel, versteckt zwischen den Bäumen. Aber er konnte sie deutlich sehen. Sie war so schön, dass es ihm den Atem verschlug. Sie hatte honigblondes Haar, das ihr in lockeren Wellen um die Schultern fiel. Sie war von kräftiger Statur und kurvenreich. Ihr Tanktop schmiegte sich eng an ihre Brüste und die Jeansshorts reichten bis zu ihren Oberschenkeln. Er fühlte sich so sehr zu ihr hingezogen, dass er sich zwingen musste, sich zurückzuhalten. Und das fiel ihm in seiner Katzengestalt noch viel schwerer. Als Kater wurde er von Instinkten und Urtrieben geleitet. Und wer auch immer diese Frau war, sie sprach jede Zelle in seinem Körper an. Er zwang sich, länger als nötig abzuwarten, nachdem sie vorbeigelaufen war, damit er die Anziehungskraft, die er für sie empfand, unter Kontrolle bekommen konnte.

Als die Sonne langsam unterging, zog ein Sturm

auf. Dane hatte Shana noch immer nicht gefunden, als er gezwungen war, selbst Schutz vor dem Sturm zu suchen. Während er sich einer seiner bevorzugten Höhlen näherte, sah er eine menschliche Gestalt, die den Weg zur Höhle entlanghumpelte und ins Innere stolperte. Er hielt sie für die Frau, die er vorhin gesehen hatte. Sie sah aus, als wäre sie verletzt gewesen. Da hielt er schlagartig inne. Seine Sorge um sie war so groß, dass sein Herz wie wild pochte. Er schlüpfte unter die Zweige eines Balsambaums und wartete.

Als es fast dunkel war, nahm er wieder seine menschliche Gestalt an. Bevor er sich auf den Weg zur Höhle machte, suchte er schnell nach einem der kleinen Rucksäcke, die er zwischen den Felsen in der Nähe versteckt hielt. Solche Rucksäcke waren gut versteckt und über viele Kilometer in den Wäldern verstreut, damit Shifter schnell an Kleidung und menschliche Vorräte gelangen konnten, falls sie unerwartet in ihre Menschengestalt zurückkehren mussten. Er zog sich an, hängte sich den Rucksack über die Schulter und lief zur Höhle. Die Frau lag schlafend auf dem Boden. Sie steckte in einem Schlafsack, aber sie zitterte sichtlich. Dane näherte sich ihr langsam und berührte sie an der Schulter. Da flogen ihre Augen auf. In dem schwachen Licht funkelten ihre sanften grünen Augen voller Angst.

Dane hielt seine Hände hoch. „Schon gut, alles in Ordnung. Mich hat auch der Sturm erwischt. Sieht ganz so aus, als hätten wir den gleichen Gedanken gehabt. Geht es dir gut?"

Sein Puls war in dem Moment in die Höhe geschnellt, als sie die Augen geöffnet hatte und er ihr Gesicht genauer in Augenschein nehmen konnte. Er hätte ihr den ganzen Tag in die Augen schauen können

– moosgrün und sinnlich. Ihr Mund war üppig und verführerisch. Diese Augen und ihr honigbraunes Haar erinnerten ihn an einen warmen Sommertag.

Sie zwang sich in eine sitzende Position und verzog dabei das Gesicht.

„Bist du verletzt?" Jetzt war sein Beschützerinstinkt geweckt. Löwenshifter verfügten über einen ausgeprägten Beschützerinstinkt, wenn es um die Leute ging, die ihnen wichtig waren. Normalerweise waren Berglöwen in freier Wildbahn Einzelgänger, was ihrem Selbsterhaltungstrieb jedoch entgegenstand. Um sich gegenseitig und die Art zu retten, hatten sie die Fähigkeit entwickeln müssen, sich gegenseitig zu beschützen. Und diese Frau, wer auch immer sie war, war so unwiderstehlich, dass Dane sie einfach nur in seine Arme schließen und sie beschützen wollte. Daneben kamen ihm noch ein paar andere Möglichkeiten in den Sinn, aber daran wollte er jetzt nicht denken, denn sie sah aus, als wäre sie völlig unterkühlt und möglicherweise verletzt.

Sie betrachtete ihn und schien zu erkennen, dass er ihr nichts Böses wollte. „Ich bin auf den nassen Steinen ausgerutscht. Dabei habe ich mir den Knöchel verstaucht und mein Bein ziemlich aufgeschürft. Ich kann gar nicht fassen, dass ich gestürzt bin. Immerhin bin ich schon fast am Ziel. Ich bin den ganzen Weg von Georgia hierher gelaufen, ohne mir weh zu tun."

Dane riss sich zusammen, setzte seinen Rucksack ab und griff nach dem kleinen Verbandskasten, den er in jedem seiner Rucksäcke verstaut hatte. „Ich bin übrigens Dane Ashworth."

„Ich bin Chloe, Chloe Silver", antwortete sie leise.

„Wie lange bist du denn schon unterwegs?", fragte er, während er Desinfektionsmittel, Salbe und Verbandszeug herausholte.

„Fast ein halbes Jahr. Ich bin Mitte Mai losgezogen."

Er nickte und stellte fest, dass er etwas Licht brauchte, um ihre Verletzungen zu versorgen. „Warte mal." Dann erhob er sich und steuerte auf den hinteren Teil der Höhle zu, wobei er versuchte, so zu tun, als würde er sich umschauen, obwohl er genau wusste, wo er einen Stapel trockenes Holz aufbewahrt hatte.

„Was machst du da?", fragte Chloe.

„Ich sehe nach, ob es hier drinnen Holz gibt." Dann kam er mit einem Bündel von Stöcken zurück und verteilte sie schnell auf der geschwärzten Stelle, an der er schon früher ein Lagerfeuer entfacht hatte. Ihr Frösteln hatte nicht aufgehört. Bei diesem Wetter stellte Unterkühlung eine echte Gefahr dar. Er brauchte dringend Licht, und ein Feuer würde helfen, sie aufzuwärmen.

In kürzester Zeit hatte er ein Feuer entfacht und die Wärme begann, sich in der kleinen Höhle auszubreiten.

„Kann ich mir dein Bein mal ansehen?"

Sie zögerte und zuckte dann mit den Schultern. Schließlich schälte sie sich aus ihrem Schlafsack. Dane schlug das Herz bis zum Hals, als er ihr Bein sah. Ihr Knöchel war stark angeschwollen, und die Seite desselben Beins war vom Oberschenkel bis zum Knöchel aufgeschürft. Die Haut war gerötet und geschwollen, vor allem am Oberschenkel.

„Damit ist nicht zu spaßen, du hast da ein paar ziemlich fiese Schrammen. Wo soll ich am besten anfangen? Am liebsten würde ich zuerst deinen Knöchel ruhigstellen."

Chloes grüne Augen weiteten sich. „Sollte das nicht lieber ein Arzt machen? Ich bin sicher, dass wir die Nacht überstehen und am Morgen Hilfe bekommen."

Dane grinste. „Ich bin Arzt", erwiderte er schlicht.

„Oh, ... ach so. Nun, in diesem Fall schätze ich, dass wir genau das machen sollten, was du für nötig hältst. Je früher, desto besser, nicht wahr?"

Er nickte entschlossen. „Ganz genau." Dann kramte er in seiner Tasche, um herauszufinden, ob er etwas dabeihatte, um ihren Knöchel zu schienen. „Gib mir mal eine Sekunde."

Kurze Zeit später war Chloes Knöchel ruhiggestellt. Dane hatte ihn mit einem Baumwollverband fixiert. Er war erleichtert, dass sie sich den Knöchel offenbar nur verstaucht, aber nicht gebrochen hatte. Sie hatte die ganze Sache tapfer durchgestanden. Nun saß sie ruhig da, während er die Schürfwunden an ihrem Bein mit Alkohol abtupfte und sie schnell mit einer Salbe bestrich. Das einzige Anzeichen für ihren Schmerz war, dass sie zischend ein- und ausatmete.

Nachdem er sich vergewissert hatte, dass er alles getan hatte, was er konnte, legte Dane vorsichtig Verbandmull auf die Schürfwunden. Anschließend zog er seine Wasserflasche hervor und reichte sie ihr zusammen mit ein paar Ibuprofen. „Das lindert den Schmerz."

Chloes Lächeln war müde, aber sie nahm dankbar das Wasser und das Ibuprofen entgegen. Währenddessen zog Dane seinen eigenen Schlafsack heraus und legte ihn neben den ihren. „Ich weiß, dass wir uns gerade erst kennengelernt haben und dass wir uns in einer Höhle mitten im Wald befinden, aber es ist kalt und nass. Ich halte es für das Beste, wenn wir nah beieinanderbleiben, um uns warm zu halten." Auch wenn sein Körper aus ganz anderen Gründen ganz nah bei ihr sein wollte, hatte er doch recht.

Chloes Erschöpfung war deutlich zu spüren. Dane half ihr, vorsichtig zurück in ihren Schlafsack zu schlüpfen. Nachdem sie endlich eingeschlafen war, legte er sich neben sie, beobachtete sie im Schein des Feuers und überlegte, wie er ihr zeigen könnte, wer und was er war. Der Löwe in ihm fühlte sich so stark zu ihr hingezogen, dass er sich zwingen musste, einigermaßen klar zu denken. Wenn es nach dem Willen seiner inneren Wildkatze ginge, würde er einfach das ganze Vorgeplänkel überspringen und ihr klarmachen, dass sie seine Gefährtin war. Aber ... seine menschliche Seite wusste nur zu gut, dass das völlig abwegig war, egal, wie sehr sie ihn auch in ihren Bann zog. Trotzdem waren alles, was er wollte, ihre funkelnden grünen Augen, ihre sinnlichen Kurven und ihre unerschütterliche Stärke. Er musste nur eine Möglichkeit finden, sich ihr zu zeigen, ohne sie zu verschrecken. Da flackerte in seinem Hinterkopf die Sorge um Shana auf. Er wusste, dass sie auf sich selbst aufpassen konnte, aber das änderte nichts an den Bedenken und Ängsten, die sich in seinem Magen festgesetzt hatten. Der Verlust von Callen könnte sie zerschmettern. Und dahinter verbarg sich Danes Angst vor dem, was Callen das Leben gekostet hatte.

KAPITEL ZWEI

Langsam wachte Chloe auf und genoss die Wärme, die sich um sie herum ausbreitete. Als sie sich ausstreckte, stieß ihr Hintern gegen einen eindeutig erregten Mann. Schlagartig lichtete sich der Nebel ihres Schlafes. Sie öffnete die Augen und betrachtete die Felswände der Höhle, die sie gestern am späten Abend nach dem Sturm gefunden hatte. Dann erinnerte sie sich an Dane und stellte fest, dass er der warme, kräftige und sehr anziehende Mann war, der sich hinter ihr zusammengerollt hatte. Als er sie in der fast dunklen Nacht geweckt hatte, war sie erschrocken und ein wenig beunruhigt gewesen, aber schon nach ein paar Minuten hatte ihr Bauchgefühl ihr vermittelt, dass er absolut vertrauenswürdig war.

Obwohl sie letzte Nacht unter Schmerzen gelitten hatte, hatte sie sich stark zu ihm hingezogen gefühlt. Ganz zu schweigen davon, dass er mehr als nur ein bisschen gut aussah. Er war groß, schlank und kräftig. Sein goldbraunes Haar schimmerte im sanften Licht des Feuers, seine blaugrauen Augen waren wachsam und interessiert. Jedes Mal, wenn er ihren Blick erwidert hatte, hatte es in ihrem Bauch gekribbelt. Seine ständige Aufmerksamkeit, während er ihr den Knöchel und das Bein verbunden hatte, hatte ihr ein Gefühl von Sicherheit und Schutz gegeben.

Nachdem sie müde, von Angst geplagt und unter Schmerzen in die Höhle gestolpert war, war es ein Segen für sie gewesen, mit Dane an ihrer Seite einzuschlafen. Sie konnte sich der Begierde nicht erwehren, die sich in ihr geregt hatte, obwohl sie ihn doch kaum kannte. Um zu sehen, ob er wach war, drehte sie sich auf die Seite und stöhnte vor Schmerzen. Sie hatte vergessen, ihren Knöchel ruhig zu halten.

Da legte sich Danes Hand vorsichtig auf ihre Hüfte und hielt sie fest. „Langsam. Beweg dich nicht zu schnell." Seine Stimme war tief und warm und beruhigte ihre Nerven.

Hitze durchfuhr sie und sie wurde ganz feucht in ihrer Mitte. Sie sehnte sich nach diesem Mann, den sie kaum kannte, mit einer Heftigkeit, die sie noch nie erlebt hatte. Die Wucht ihrer Sehnsucht war so gewaltig, dass ihr Puls raste und die Angst sie durchströmte. Nur mit Mühe gelang es ihr, langsam durchzuatmen. „Ich habe meinen völlig Knöchel vergessen", erklärte Chloe.

„Das ist keine Überraschung", antwortete Dane, dessen Stimme vom Schlaf heiser war. „Gut, dass du so tief geschlafen hast, dass du das Ganze vergessen hast. Ich habe mir schon Sorgen gemacht, dass du wegen deines Sturzes und des schlechten Wetters vielleicht nicht schlafen würdest können."

Chloe lächelte sanft. Es gefiel ihr zu hören, dass er sich Sorgen um sie gemacht hatte. „Ich war total überrascht, dass ich so gut geschlafen habe. Ich schätze, das habe ich dir zu verdanken." Vorsichtig legte sie sich auf den Rücken, damit sie sein Gesicht betrachten konnte. Sie hatte seit über einem Jahr nicht mehr neben einem Mann geschlafen und fühlte sich deshalb etwas unbehaglich, was noch dadurch verstärkt wurde, dass sie Dane erst letzte Nacht unter ungewöhnlichen Umständen kennengelernt hatte. Als sie sich herumdrehte, bewegte er sich leicht, ließ aber seine Hand nicht von ihrer Hüfte.

Er lag auf einen Ellenbogen gestützt da. Seine Augen wanderten über ihren Körper, mit einem Ausdruck der Besorgnis in seinem Blick.

„Mir geht es gut, besser als ich erwartet hatte", meinte sie. Als sie ihn im Tageslicht ansah, raste ihr Puls in die Höhe. Die Sonne drang durch den Höhleneingang und schimmerte golden in seinem Haar. Seine blaugrauen Augen strahlten sanft und eindringlich zugleich. Seine Gesichtszüge waren wohl-geformt, fast katzenhaft, mit nach oben gezogenen Augenwinkeln. Seine Lippen waren voll und üppig. Sein Körper war energiegeladen, obwohl er an ihrer Seite ruhte und völlig entspannt wirkte. Sie nutzte die wenigen Sekunden, in denen er seinen Blick abwandte, und erlaubte sich, tiefer zu blicken. Er trug ein ausgeblichenes blaues T-Shirt, das sich an seine Muskeln schmiegte. Es juckte sie in den Fingern, ihn zu berühren. Dabei fragte sie sich, ob sie nun völlig den Verstand verloren hatte. Sie befand sich in einer Höhle mitten im Wald in Maine und spielte mit dem Gedanken, mit ihren Händen über Danes Körper zu streichen, wurde feucht bei dem bloßen Gedanken daran, dass sein harter Schwanz noch vor wenigen Augenblicken an ihrer Hüfte gelegen hatte, und stellte sich vor, wie es wäre, dem Verlangen ihres Körpers nachzugeben.

Dann drehte sich Dane um und sein Blick begeg-nete dem ihren. Chloe konnte nicht wegsehen. Er bewegte sich leicht, ohne den Blickkontakt abreißen zu lassen. Verlangen erfüllte die Luft um sie herum.

Schließlich ergriff er das Wort. „Ich hoffe, das klingt jetzt nicht verrückt, aber ich würde dich wahnsinnig gerne küssen." Er hielt inne, seine Augen tasteten ihr Gesicht ab. „Sag einfach nein, dann hat dieses Gespräch nie stattgefunden", stieß er heiser hervor, ohne seinen Blick von ihr zu lösen.

Chloe sehnte sich mehr danach, ihn zu küssen, als sie sich jemals irgendetwas gewünscht hatte. Die Tatsache, dass er gefragt hatte, seine höflichen Worte, widersprachen der starken Anziehung, die sie zwischen ihm und ihr spürte, und der Blick in seinen Augen verstärkte ihren Wunsch, ihn zu küssen, noch mehr. Die Anziehungskraft war so stark, dass sie beinahe von ihr erdrückt wurde. Der besonnene Teil von ihr, der Teil, der im letzten Jahr nach dem bitteren Ende einer Beziehung die Kontrolle über ihr Leben und ihr Herz behalten hatte, hatte in diesem Moment nicht viel zu sagen. So erhob Chloe eine Hand und strich damit über seine Wange. „Das werde ich aber nicht", erwiderte sie leise.

Dane hielt seinen Blick auf den ihren gerichtet, während er sich zu ihr hinunterbeugte. Seine Lippen trafen sanft und entschlossen auf ihre. Plötzlich blieb die Zeit stehen. Dane küsste sie, wie sie noch nie zuvor geküsst worden war. Er begann, ihre Lippen langsam mit sanften Küssen und Bissen zu erforschen. Mit seiner Zunge erkundete er ihren Mund. Sie öffnete ihn und sehnte sich nach einer noch tieferen Verbindung mit ihm. Seine Zunge streichelte ihr Inneres − langsam, bedächtig und überaus gewissenhaft. Chloe ließ sich von dem Gefühl mitreißen und drängte sich ihm entgegen. Die Leidenschaft in ihr wuchs, während ihre Zungen sich berührten.

Dann glitt Danes Hand langsam ihre Hüften hinauf, über ihren Bauch und streichelte dessen weiche Wölbung, bevor sie sich um eine Brust und dann um die andere schlang – seine Berührung war weich und verlockend. Sie sehnte sich danach, ihm näher zu sein, um das Verlangen zu befriedigen, das in ihr brodelte. Er umfasste ihre Wange, sein Daumen streichelte die Stelle, an der ihr Puls schlug, und zog sich dann langsam zurück.

Sie wäre am liebsten in seinen blaugrauen Augen versunken. Doch er sah sie einen langen Augenblick lang an, sein Blick war eindringlich. „Ich will dich mehr, als ich jemals irgendeine andere gewollt habe", stellte er ohne Umschweife fest, seine Stimme war tief und klar. „Und deshalb müssen wir jetzt auch aufhören. Wenn wir noch einen Schritt weitergehen, kann ich mich nicht mehr weiter zurückhalten."

Ihr Atem ging stoßweise. Ihr Puls pochte unter der sanften Berührung seines Daumens. Sehnsucht durchflutete sie. Sie wollte ihn anflehen, bloß nicht aufzuhören. *Jetzt hast du aber wirklich den Verstand verloren. Du kennst diesen Typen doch kaum. Genau genommen bist du ihm im Dunkeln in einer Höhle begegnet. Er verhält sich vernünftig, das spricht für ihn. Und genau das solltest du jetzt auch tun.*

Sie nickte und biss sich auf die Lippe.

Dabei fiel ihr auf, dass sich seine Augen verdunkelten, aber er regte sich nicht. „Was würdest du sagen, wenn ich dich fragen würde, ob du für ein paar Wochen in Catamount bleiben möchtest?", fragte er.

Chloe zögerte keine Sekunde. „Aber klar", erwiderte sie leichthin. Dann meldete sich ihre Vernunft zu Wort. „Wanderst du auch auf dem Trail?"

Dane schüttelte den Kopf. „Ich wohne in der Nähe in Catamount. Ich bin hier die ganze Zeit unterwegs.

Mit deinem Knöchel wirst du nicht mehr wandern können. Komm doch in meine Praxis, dann kann ich deinen Knöchel besser stabilisieren. Ich habe ihn gestern nur notdürftig versorgt, aber wenn ich mehr als meine Notfallausrüstung dabeihabe, kann ich das viel besser. Du kannst gerne bei mir übernachten, aber wenn du das nicht möchtest, kann ich auch eine andere Unterkunft für dich organisieren."

Chloe wusste, dass er recht hatte. Sie würde den Trail jetzt auf gar keinen Fall zu Ende führen können. Es war schon fast November. Sie war schon später dran als geplant, um das Ende des Trails zu erreichen. Bis ihr Knöchel wieder belastbar war, hätte der Winter bereits Einzug gehalten. „Wie soll ich so überhaupt zurück zum Weg kommen?", fragte sie und deutete auf ihren Knöchel.

„Ich trage dich", bot Dane einfach an. „Das ist nicht so weit. Ich wandere hier oft. Ich kenne eine Abkürzung zurück zum nächsten Wanderweg." Er hielt inne, als würde er nachdenken. „Gestern habe ich hier draußen eigentlich nach meiner Schwester gesucht. Die muss ich unbedingt finden."

„Hat sie sich verirrt oder so?", fragte Chloe und ihre Neugierde wurde noch größer, als sie spürte, dass Dane ihr irgendwas verschwieg.

Dane schüttelte langsam den Kopf. Seine Hand lag immer noch an ihrer Wange, sein Daumen streichelte sanft über ihren Hals. Seine Berührung jagte ihr einen Schauer über den Rücken. Er musterte sie aufmerksam. Schließlich antwortete er. „Shana wandert leidenschaftlich gern und kommt oft hierher. Ich habe sie gestern zu Hause nicht angetroffen, also bin ich hierhergekommen, um nach ihr zu sehen. Ich muss noch eine letzte Möglichkeit prüfen, wo sie möglicherweise ihr Zelt aufgeschlagen hat. Würde es dir etwas ausmachen, kurz zu warten? Ich sehe bloß nach und komme dann gleich wieder."

Chloe hätte ihm unmöglich eine Absage erteilen können. In seinen wunderschönen Augen lag ein stilles Flehen. Die Verbindung zu ihm war anders als alles, was sie je erlebt hatte. Entgegen aller Vernunft vertraute sie ihm vollkommen. „Ich warte auf dich. Schließlich könnte ich alleine ohnehin nirgendwo hin", erwiderte sie verschmitzt.

Dane gluckste leise, aber sein Blick wurde schnell wieder ernst. „Danke", antwortete er knapp. Dann beugte er sich vor und seine Lippen trafen wieder auf ihre. Im Nu wurde sie von einem heftigen Gefühl übermannt. Er gab ihr das Gefühl, als wäre sie der Mittelpunkt des Universums. Schließlich zog er sich zurück und stieß einen leisen Fluch aus.

„Ich kann nicht klar denken, wenn ich in deiner Nähe bin", stellte er fest und entfernte sich vorsichtig von ihr, während seine Hand sanft über ihre Hüften strich.

Chloes Gesicht war glühend heiß. Sie war so aufgewühlt, dass sie nicht wusste, was sie sagen sollte. Auf jeden Fall konnte sie nicht klar denken. Ihr Verstand überschlug sich bei Danes Bemerkung. Er war wie ein Magnet für sie, so stark, dass ihre übliche Zurückhaltung sich unter der gewaltigen Anziehungskraft regelrecht in Luft aufgelöst hatte. Zu hören, dass er auch nur im Entferntesten so aufgewühlt sein könnte wie sie, steigerte das Verlangen in ihr noch mehr. Dane schien nicht zu erwarten, dass sie noch irgendetwas erwidern würde. Er stand auf, streckte sich und begab sich zum Eingang der Höhle, um nach draußen zu schauen.

„Soll ich dir helfen, dich draußen hinzusetzen,

während ich nach Shana sehe?", fragte er. „In der Sonne ist es wärmer."

„Das wäre schön. Wie lange wirst du brauchen?"

„Vielleicht eine halbe Stunde." Er schnappte sich seinen Rucksack und ging nach draußen.

Chloe versuchte, selbst aufzustehen, um ihm nach draußen zu folgen, aber sie merkte schnell, dass ihr Körper etwas dagegen einzuwenden hatte. Gerade, als sie vor Schmerz aufstöhnte, kam Dane zurück. Die Schürfwunde an ihrem Bein tat unglaublich weh und ihr Knöchel wollte sich nicht mehr bewegen.

Er eilte an ihre Seite. „Ganz ruhig." Rasch musterte er sie. „Kannst du einen Moment warten, während ich dir ein Plätzchen herrichte, wo du es bequem hast, während du wartest?"

Chloe nickte und lächelte reumütig. „Ich bin nicht gerade die beste Patientin."

Er grinste. „Sieht ganz so aus. Ich bin gleich wieder da."

Wenige Augenblicke später war er wieder da. Sie hatte sich aufgerichtet und saß mit dem Rücken an die Felswand gelehnt. Dane kniete sich neben sie. Ohne ein Wort zu sagen, schob er einen Arm unter ihre Knie und den anderen unter ihre Hüften und hob sie mühelos hoch.

Behutsam setzte er sie auf seinem Schlafsack ab, den er neben einem großen Felsblock auf den Boden gelegt hatte, an den sie sich anlehnen konnte. Er hatte eine Wasserflasche daneben gestellt. Der Platz bot einen Blick auf ein wunderschönes Tal, durch dessen Mitte auf einer kleinen Lichtung ein Bach floss.

„Hier ist es wunderschön", seufzte sie.

Er stand auf. „Es dauert nicht lange." Dann sah er ihr in die Augen, bevor er sich abwandte. Bei diesem kurzen Blick begann Chloes Puls zu rasen und sie errötete.

„In Ordnung. Ich warte hier auf dich." Ein Kribbeln machte sich in ihrem Bauch breit und ihr Lächeln erwärmte sie von innen und außen.

Dane folgte einem schmalen Pfad, der am oberen Kamm des Hügels entlangführte. Mit seinen großen Schritten kam er gut voran. Dann verschwand er in den Bäumen. Chloe lehnte sich an den Felsen. In der Nähe zwitscherten Vögel.

Einige Zeit später hörte sie ein Gekrächze auf dem Feld unter ihr und hielt eine Hand über ihre Augen, um nachzusehen. Im Tal befand sich eine Schar von Truthähnen. Sie hatte schon davon gehört, dass hier oben wieder wilde Truthähne angesiedelt worden waren. Während sie sich in der Gegend umsah, stockte ihr der Atem. Ein Berglöwe streifte gemächlich durch das Tal. Es war ein großes, gelbbraunes Tier, schlank und kräftig. Der Löwe schenkte den Truthähnen keine Beachtung und hielt inne, um aus dem Bach zu trinken. Ein anderer Berglöwe, kleiner und schmächtiger, erschien hinter ihm und wartete in der Nähe. Chloe war fasziniert. Sie hatte zwar davon gehört, dass es in dieser Gegend noch wilde Berglöwen gab, aber im Osten der Vereinigten Staaten waren diese Tiere schon vor Jahren für ausgestorben erklärt worden. Als die Raubkatzen hinter den Bäumen auf der anderen Seite des Tals verschwanden, atmete sie tief durch. Ihr war klar, dass sie sich vielleicht fürchten hätte sollen, aber die beiden waren einfach so schön gewesen, dass sie vor Ehrfurcht erstarrt war.

Mit einem Blick auf ihre Uhr fragte sie sich, wann Dane wohl zurückkommen würde. Als hätte sie ihn in Gedanken herbeigezaubert, schritt er mit einer Frau, die sie für seine Schwester hielt, zurück auf die kleine

Lichtung, auf der sie saß. Seine Schwester sah genauso gut aus wie er. Obwohl sie nicht so groß war, war sie sportlich und muskulös und hatte eine geschmeidige, kurvenreiche Figur. Ihr Haar hatte den gleichen goldbraunen Farbton und fiel ihr in lockeren Wellen um die Schultern. Ihre Augen waren grau und aufmerksam und enthielten eine gewisse Traurigkeit.

„Hallo", lächelte Chloe, die nicht wusste, wie sie erklären sollte, dass sie hier war.

Dane lächelte, als er ihren Blick traf. Ein flüchtiger Augenaufschlag genügte, und zwischen den beiden knisterte es. „Chloe, das ist Shana, meine Schwester", sagte er und deutete auf Shana. Dann wandte er sich wieder Shana zu. „Wie ich schon erwähnt habe, habe ich Chloe gestern Abend getroffen, als ich nach dir gesucht habe. Sie hat sich auf dem Trail den Knöchel verstaucht und sich in dieser Höhle verkrochen, als es gestern Abend zu regnen begonnen hat."

Shana nickte höflich, obwohl sie nicht lächelte. „Schön, dich kennenzulernen. Ich bin froh, dass Dane dich gefunden hat. Ich habe schon gehört, dass du in Catamount für eine Weile einen Zwischenstopp einlegst." Ihre Worte waren freundlich, aber ohne jegliche Wärme, geradezu leer.

Chloe wusste nicht, was los war, aber sie spürte eine tiefe Traurigkeit in Shana. Da sie erkannte, dass jetzt weder die Zeit noch der Ort war, um das herauszufinden, nickte sie. „Mit einem verstauchten Knöchel kann ich den Appalachian Trail nicht wirklich zu Ende wandern. Dane hat vorgeschlagen, dass ich eine Pause einlege. Ich muss mir ohnehin überlegen, was ich als Nächstes mache."

Shana nickte und wandte sich an Dane. „Soll ich die Rucksäcke tragen, damit du Chloe tragen kannst?"

Sie tat so, als ob es für Dane völlig normal wäre, eine Frau aus dem Wald zu tragen.

Als Dane nickte, kümmerte sich Shana umgehend um die Rucksäcke. Chloe hatte keine Ahnung, wie sie das wohl anstellen würde, aber Shana hob mühelos Chloes und Danes Rucksäcke hoch und schnallte sie zusammen auf ihren Rücken. Dane schloss Chloe in seine Arme und folgte Shana den Weg hinunter. Shanas Schweigen war bedrückend, und Dane verhielt sich in ihrer Nähe sehr zurückhaltend. Zweifel schlichen sich in Chloes Gedanken, während Dane sie durch das gedämpfte Licht des Waldes trug.

KAPITEL DREI

Dane hielt vor seiner Praxis an und wandte sich Chloe auf dem Beifahrersitz zu. Ein paar Minuten zuvor hatte er Shana an Phoebes Haus abgesetzt. Chloe war auf der Fahrt vom Trail nach unten ziemlich wortkarg gewesen. Müdigkeit zeichnete ihre Züge. Ihre moosgrünen Augen begegneten seinen und sie lächelte zögernd. „Ist das deine Praxis?"

„Ja. Ich würde mir deinen Knöchel gerne so schnell wie möglich genauer ansehen." Er stieg aus dem Truck und begab sich an ihre Seite. Sie hatte bereits angefangen, auszusteigen. „Ich sehe schon, du bist nicht unbedingt die einfachste Patientin", erklärte er schmunzelnd.

Sie grinste daraufhin und ihre Augen leuchteten auf. Er hätte ihr den ganzen Tag lang in die Augen schauen können, ohne sich daran zu sattzusehen. Sie waren beruhigend und elektrisierend zugleich.

„Ich komme ganz schlecht zur Ruhe, aber ich will mich bemühen, mich zu bessern", versicherte sie und strich sich ein paar lose Haarsträhnen aus den Augen.

Bevor sie widersprechen konnte, hob er sie aus

dem Auto, nahm sie in seine Arme und trug sie ins Haus.

„Dane! Du musst mich nicht überallhin tragen. Ich kann mich auch auf deinen Arm stützen und rein-humpeln.“

„Erst wenn ich einen Blick auf deinen Knöchel geworfen habe, wenn ich gutes Licht habe. Ich gehe davon aus, dass er in Ordnung ist, aber wir müssen ihn noch weiter stabilisieren.“ Er verschwieg ihr, dass ihm das Ganze als willkommener Vorwand diente, sie zu berühren und dass das Gefühl ihrer üppigen Kurven in seinen Armen himmlisch war.

Kurze Zeit später lief sie neben ihm her, wobei sie ihr Gewicht nur teilweise auf seinem Arm abstützte. Er hatte ihr einen Stützverband um den Knöchel gelegt und die Schürfwunden an ihrem Bein gründlich gereinigt. Sie würde wieder ganz gesund werden, aber es würde mindestens ein paar Wochen dauern, bis sie ihren Knöchel wieder voll belasten konnte. Er hoffte inständig, dass sie lange genug in Catamount bleiben würde, damit er sie überreden konnte ... *Wozu eigentlich? Hast du jetzt vollends den Verstand verloren? Der Löwe in dir denkt, er hat seine Gefährtin gefunden, aber lass den Quatsch. Du bist ein Shifter, und sie hat keinen Schimmer. Absolut keinen. Komm mal runter und sei vernünftig.*

Danes innere Unterhaltung spiegelte wider, wer und was er war – halb Mensch und halb Berglöwe. Seine menschliche Seite vertrat die Stimme der Vernunft, während seine Löwenseite vom Urinstinkt angetrieben wurde. Und er wollte Chloe ... und zwar unbedingt. Er hatte versucht, sie davon zu überzeugen, bei ihm zu bleiben, aber sie schien zu zögern, also improvisierte er und sorgte dafür, dass sie in einem örtlichen Gasthaus unterkam. Sie war einverstanden, mit ihm zu Mittag zu essen, nachdem sie eingecheckt hatte, und ließ ihn ihren Rucksack für sie ins Zimmer tragen.

Kurze Zeit später betrat er an ihrer Seite das beliebte Trailhead Café. Das Lokal bot eine Mischung aus einfachen Dinergerichten und einfallsreichen, gesunden Speisen. Es befand sich in einem alten Diner mit glänzendem, poliertem Stahl an der Außenseite und einem leuchtend roten Dach. Im Inneren des Cafés gab es eine Theke mit offener Küche und Sitzgelegenheiten an den Wänden. Die Wände waren mit Fotos von Wanderern auf dem Appalachian Trail und verblassten Zeitungsfotos von Berglöwen dekoriert. Viele, aber nicht alle Einheimischen wussten, dass die Berglöwen nicht bloß eine Legende waren. Die Leute, die die Wahrheit kannten, schützten die Shifter, indem sie den Mythos für Touristen aufrechterhielten.

Dane überlegte, wie und wann er sich Chloe offenbaren könnte. Das hatte er bislang noch nie tun müssen. Die Frauen, mit denen er bisher zu tun gehabt hatte, waren entweder selbst Shifter oder Frauen, die wussten, was Shifter waren und sich nicht einschüchtern hatten lassen. Er konnte nicht einschätzen, ob sie Angst haben oder angewidert sein würde. Oder schlimmer noch, ihm überhaupt nicht glauben würde. Er konnte ihr zwar leicht die Wahrheit zeigen, aber er wollte sich nicht in ein wildes Tier verwandeln, ohne dass sie sich zumindest teilweise offen für diese Vorstellung zeigte. Berglöwenshifter hatten sich über Jahrhunderte mit Menschen gepaart. Er wusste, dass das durchaus möglich war, aber es gab noch viele Hindernisse. Das erste war, wie und wann er sich zu erkennen geben sollte. Aber er wollte sich nicht den Kopf darüber zerbrechen, was passieren würde, wenn sie sich weigerte, ihn so anzunehmen, wie er war. Jetzt wollte er erst einmal das Mittagessen mit ihr genießen.

Kaum hatten sie Platz genommen, kam Jake herein und steuerte direkt auf ihren Tisch zu.

„Hey, ich habe deinen Truck draußen gesehen", begrüßte Jake ihn. Dann blickte er verdutzt zu Chloe.

„Hey Jake, das ist Chloe. Ich habe sie gestern Abend kennengelernt, als ich auf der Suche nach Shana war. Sie ist eine Wanderin, aber wie du sehen kannst, hat sie sich den Knöchel verstaucht. Deshalb bleibt sie noch ein Weilchen in der Stadt." Er wollte so viel über Chloe wissen, aber er stellte fest, dass er Jake gerade fast alles über sie erzählt hatte, was er wusste. Entgegen aller Vernunft war er überzeugt, dass sie die richtige Frau für ihn war, und doch wusste er so gut wie nichts über sie.

Chloe lächelte Jake höflich an. Sie hatte sich im Hotel geduscht und umgezogen, während er draußen gewartet hatte. Ihr honigblondes Haar fiel ihr in lockeren Wellen um die Schultern und ihre grünen Augen leuchteten. Dann streckte sie ihren Fuß unter dem Tisch hervor. „Dane hat meinen Knöchel heute bandagiert und eine Schiene angelegt. Ich werde den Trail nicht beenden können, aber daran kann ich auch nichts ändern."

In Jakes Augen lag ein Hauch von Leidenschaft. Danes Kater sträubte sich innerlich. Jake musste das gespürt haben, denn er kniff die Augen zusammen und sah wieder zu Dane. Mit einem kaum wahrnehmbaren Zwinkern fragte er: „Gibt es irgendwelche Neuigkeiten?"

Dane schüttelte den Kopf. „Nein. Shana habe ich heute Morgen aufgelesen. Sie ist gestern Abend noch zu einem ihrer Lieblingsplätze gewandert." Er hielt inne, als er überlegte, wie er Chloe Shanas Situation erklären sollte und entschied sich dafür, so nah an der Wahrheit zu bleiben, wie er konnte.

„Shanas Mann ist vor Kurzem bei einem Autounfall gestorben. Sie wandert leidenschaftlich gerne, aber ich habe mir gestern Sorgen gemacht, als sie am Nachmittag noch nicht zurück war. Deswegen habe ich sie gesucht und dich dabei gefunden", erzählte Dane und warf Chloe einen Blick zu.

„Oh, das tut mir so leid!", antwortete Chloe und legte ihre Hand auf ihre Brust. „Ich hatte den Eindruck, dass sie heute traurig ausgesehen hat, aber ich hatte ja keine Ahnung. Das erklärt natürlich alles."

„Schon gut", antwortete Dane. Dann blickte er wieder zu Jake. „Gibt es bei dir irgendwelche Neuigkeiten?"

Jake zuckte mit den Schultern. „Nicht viel. Ich gebe dir Bescheid, sobald ich was höre. Wie geht es Shana denn?"

Dane seufzte. „Ich schätze, sie hat das Ganze noch gar nicht wirklich verdaut. Ich mache mir Sorgen um sie, aber sie redet im Moment nicht viel. Sie hat mich gebeten, sie zu Phoebe zu bringen, deswegen ist sie gerade dort. Nach Hause möchte sie auf keinen Fall gehen. Sie meint, dann würde sie nur an Callen denken. Ich fahre morgen zu ihrem Haus, um ein paar Sachen für sie zu packen. Können wir uns dort treffen? Ich könnte ein bisschen Hilfe gebrauchen." Er hoffte, Callens Computer zu durchforsten, um zu sehen, was er finden konnte. Jake war Programmierer. Mit Jakes Hilfe würde er mehr erreichen als allein. Er wusste, dass Callen versucht hatte, die Gerüchte über Berglöwenshifter im Mittleren Westen zu belegen, aber Callen hatte sich immer lieber bedeckt gehalten. Dane wurde das Gefühl nicht los, dass es irgendjemand darauf abgesehen hatte, Callen umzubringen. Shana teilte seine Besorgnis, aber sie hatte im Moment nicht die Kraft, der

Sache nachzugehen. Sie stand unter Schock und trauerte.

Jake nickte. „Geht klar. Ruf mich einfach an." Dann wandte sich Jake an Chloe. „Schön, dich kennengelernt zu haben. Ich hoffe, du genießt deinen Aufenthalt hier." Mit diesen Worten drehte er sich um und verschwand.

Nachdem sie ihr Essen bestellt hatten, warf Dane Chloe einen Blick über den Tisch zu. „Was hat dich eigentlich dazu getrieben, den Appalachian Trail entlang zu wandern?"

Chloe legte den Kopf schief und schwieg einen Augenblick lang. „Ich möchte jetzt nicht kitschig klingen, aber ich wollte mich einfach selbst herausfordern. Als ich klein war, hat mich mein Dad immer zum Wandern mitgenommen. Er ist vor ein paar Jahren gestorben, und als das Schicksal zugeschlagen hat, habe ich beschlossen, dass eine lange Wanderung mir helfen könnte, wieder auf Kurs zu kommen."

Chloes Augen trübten sich, während sie sprach. Er spürte, dass hinter der Geschichte noch viel mehr steckte. „Das Schicksal hat zugeschlagen?"

Chloe biss sich auf die Lippe, sodass Dane sie am liebsten wieder geküsst hätte. Doch er zwang sich, bei der Sache zu bleiben. Sie seufzte und zuckte mit den Schultern. „Ich habe der Hälfte der Wanderer, die ich auf dem Weg getroffen habe, meine Geschichte erzählt, warum sollte ich sie also nicht auch dir erzählen?" Sie sah mit einem müden Lächeln auf. „Es ist schon komisch auf dem Trail. Jeder hat eine Geschichte, warum er über dreitausend Kilometer wandert, und meistens hat das Ganze überhaupt nichts mit dem Wandern zu tun. Bis vor einem Jahr war ich der Meinung, dass ich alles richtig gemacht hätte. Ich war das brave Mädchen – eine Einserschülerin, habe die Highschool und dann die Uni mit Auszeichnung abgeschlossen, mich mit meiner großen Liebe verlobt und so weiter." Sie hielt inne und nahm einen Schluck Wasser, während Bitterkeit und Traurigkeit in ihren Augen aufblitzten. „Dann musste ich herausfinden, dass mein Verlobter mich die ganze Zeit, in der wir zusammen gewesen waren, betrogen hatte. Ich habe das damals nur durch Zufall herausgefunden. Früher war ich Geschäftsführerin in einem Kleiderladen und die Frau, mit der er eine Affäre hatte, hat dort ebenfalls eingekauft. Jedenfalls hat sie mir ein Foto auf ihrem Handy gezeigt – von ihrem Freund, der zufällig mein Verlobter war. Und sie hatte überhaupt keine Ahnung, wer ich eigentlich war."

Da wurde er von einem heftigen, unbändigen Zorn übermannt. Er musste die Wildkatze in sich zurückdrängen, die immer dann an die Oberfläche kam, wenn er verärgert war. Er zwang sich zu einer ruhigen Miene und blickte für einen Moment aus dem Fenster, um sich zu sammeln. Als er sich wieder im Griff hatte, wandte er sich wieder an sie. „Chloe, ich kann nicht glauben, dass du das alles durchmachen musstest ..."

Chloe schüttelte schnell den Kopf. „Schon gut. Es war schrecklich, aber ich bin froh, dass ich die Wahrheit erfahren habe, bevor wir geheiratet haben. Ich habe einfach nur mein Leben gelebt. Habe gedacht, wenn ich alles tue, was man von mir erwartet, würde ich schon mein Glück finden. Aber das hatte ich schon vorher nicht. Also ja, es war echt ätzend und es tat höllisch weh. Aber am Ende war es das Beste für mich. Ich hatte einen Abschluss in BWL in der Tasche und habe mich zu Tode gelangweilt, weil ich einen Laden leiten musste, bei dem ich überhaupt keinen Einfluss darauf hatte, was wir überhaupt verkauft haben. Also habe ich den Job hingeschmissen, mir meine Ersparnisse geschnappt und diese Wanderung organisiert. Und jetzt bin ich hier", schloss sie grinsend.

Am liebsten hätte Dane ihren ehemaligen Verlobten aufgesucht und ihm eine gescheuert. Wie konnte man nur nicht erkennen, wie umwerfend sie war? Aber dann wurde ihm klar, dass er dem Kerl vielleicht dankbar sein sollte. Wenn er nicht so ein Idiot gewesen wäre, hätte Dane Chloe vielleicht nie kennengelernt. „Und jetzt, wo du den ganzen Weg nach Maine gewandert bist, was kommt als Nächstes?"

Chloe grinste verlegen und blickte auf, als der Kellner an den Tisch kam. Nachdem der Kellner die Sandwiches vor ihnen abgestellt und ihre Getränke aufgefüllt hatte, wartete Dane einen Augenblick, während Chloe einen Bissen von ihrem Sandwich nahm. „O wow, das ist wirklich lecker!"

Dane gluckste. „Ja, im Trailhead weiß man, wie man ein richtig gutes Sandwich macht."

Chloe nickte heftig. „Ich meine, das ist ja das reinste Gourmetessen – mitten in Maine." Sie hatte ein Sandwich mit Portobello-Pilzen, getrockneten Tomaten und einem würzigen Aioli-Aufstrich bestellt.

„In Maine gibt es hervorragendes Essen. Warst du schon mal in Portland?"

Chloe schüttelte den Kopf, als sie einen weiteren Bissen von ihrem Sandwich nahm.

„Portland ist das 'neue' New York City, wenn es um Restaurants geht. Dort setzt man auf frisches, biologisches und regionales Essen. Die Stadt ist nicht allzu weit von hier entfernt. Wir könnten ja für ein oder zwei Tage hinfahren", lächelte Dane und fand, dass das die ideale Gelegenheit wäre, ein paar Tage mit Chloe allein zu verbringen.

Chloe nahm noch ein paar Bissen und nickte, bevor sie eine Pause einlegte, um Luft zu holen.

„Also zurück zu dir, was hast du vor, wenn du den Trail beendet hast?", fragte Dane.

Chloe zuckte mit den Schultern. „Das ist es ja, ich habe absichtlich keine Pläne gemacht. Ich war immer schon eine Planerin. Ich habe jeden Schritt in meinem Leben geplant, bis ich mit Tom Schluss gemacht habe. Und wo hat mich das hingebracht? Ich habe mich in meinem Job zu Tode gelangweilt und war kurz davor, einen Mann zu heiraten, der die meiste Zeit unserer Beziehung mit anderen Frauen verbracht hat."

„Du bist also fast fertig mit dem Trail, hast dir den Knöchel verstaucht und bald schon fällt der erste Schnee?"

Chloe nickte und grinste. „Scheint so. Ich habe noch ein paar Ersparnisse. Als gute Planerin habe ich ein hübsches Sümmchen zusammengespart. Wandern ist ziemlich billig, also habe ich kaum etwas ausgegeben. Für den Augenblick möchte ich das Mittagessen mit dir genießen und dann sehen, wie es weitergeht."

Dane sah sie über den Tisch hinweg an und sein Blick traf den ihren. Es knisterte zwischen ihnen. Er wollte sie ja nicht verschrecken, aber er begehrte sie mehr, als er jemals irgendeine andere begehrt hatte. Er hatte sie gefunden und hatte nicht vor, sie wieder loszulassen. Die Rädchen in seinem Kopf drehten sich, während er überlegte, wie er sie davon überzeugen könnte, dass Catamount genau der richtige Ort für sie war ... und dass sie seine Gefährtin sein sollte. Da schaltete sich die menschliche Hälfte seines Gehirns ein. *Ist das dein Ernst? Dein Kater hält das für eine gute Idee, aber das ist doch bloß Urinstinkt und Testosteron. Mach mal langsam. Du weißt doch gar nicht, ob sie dich so annehmen kann, wie du bist. Lass uns einen Schritt nach dem anderen machen.*

Dane wandte seinen Blick wieder ab und folgte

dem Flug eines Blattes, das im Wind herumwirbelte und schließlich zu Boden schwebte. Genau, einen Schritt nach dem anderen. Leichter gesagt als getan, wenn er in jeder Sekunde, in der er mit ihr zusammen war, von Lust heimgesucht wurde.

KAPITEL VIER

Chloe setzte sich auf das Bett in ihrem Hotelzimmer und sah sich um. Der Gasthof, in dem Dane sie untergebracht hatte, war gemütlich und äußerst komfortabel. Er hatte sich geweigert, sie bezahlen zu lassen. Nach fast sechs Monaten Wandern und Zelten war die schnelle heiße Dusche, die sie vorhin genommen hatte, einfach nur himmlisch gewesen. Sie beschloss, nun ein Bad zu nehmen. Dane hatte ihr gezeigt, wie man den Stützverband abnehmen konnte, also löste sie ihn vorsichtig, während sie darauf wartete, dass sich die Wanne füllte. Die Schürfwunden an ihrem Bein taten zwar weh, aber sie war müde und erschöpft und wollte ein langes Bad nehmen.

Danes Fragen nach ihren Plänen hatten sie ins Grübeln gebracht, was sie nun eigentlich vorhatte. Sie war ehrlich gewesen, als sie ihm erzählt hatte, dass sie keine Pläne hatte, aber jetzt, wo sie sich vor Augen führte, was das bedeutete, war sie zum Teil entsetzt. Sie hatte gehofft, dass das Gefühl der Erfüllung, das sie nach dem Abschluss des Appalachian Trails verspürte, sie auf das vorbereiten würde, was als

Nächstes in ihrem Leben passieren würde. Die Tatsache, dass sie ihre Wanderung mit einem verstauchten Knöchel abbrechen musste, hatte diese Träume zunichtegemacht. Seltsamerweise fühlte sie sich jedoch wie vom Schicksal begünstigt, als Dane sie letzte Nacht in der Höhle aufgefunden hatte.

Als er ihr dann noch zu verstehen gegeben hatte, dass er sie küssen wollte, pochte Chloes Herz im Einklang mit den Schwingungen, die er in ihr hervorgerufen hatte. Und dann war da noch der Kuss, der sie ziemlich aus dem Konzept gebracht hatte. Sie konnte nicht einmal daran denken, ohne rot zu werden, und dabei hatten sie einander doch lediglich geküsst. Kopfschüttelnd stand sie auf und humpelte ins Bad.

Wenige Augenblicke später stieg sie vorsichtig in die Wanne und streckte ihren Knöchel behutsam über den Rand. Das heiße Wasser entspannte sie. Sie ließ ihren Kopf auf dem Wannenrand ruhen und dachte an Dane. Wenn sie in seiner Nähe war, war zwischen ihnen ein ständiger elektrisierender Strom spürbar. Das war weit mehr als bloße Anziehung. Nachdem ihre Verlobung in die Brüche gegangen war, hatte Chloe sich gefragt, ob sie jemals wieder Vertrauen fassen würde. Auch wenn ihr Verstand sich dagegen gesträubt hatte, vertraute ihr Herz Dane vollkommen. Und wenn ihr Körper ein Wörtchen mitzureden hätte, dann hätte sie bei seinem Angebot, bei ihm zu bleiben, nicht gezögert. Ihr Verstand musste seine Stimme laut erheben, um bei dieser kleinen inneren Meinungsverschiedenheit überhaupt Gehör zu finden. Wenn sie nur an seine rauchig blaugrauen Augen und das Gefühl seiner Lippen auf den ihren dachte, wurde ihr ganz warm ums Herz. Ihre Hand spielte unbewusst mit ihren Brustwarzen und stellte sich Danes Hände dort vor.

Die Folgen der geplatzten Verlobung und der monatelangen Wanderungen hatten sie an einen Ort der Keuschheit geführt, den sie eine Zeit lang gebraucht hatte. Aber jetzt hatte Danes Berührung einen Schalter umgelegt. Sie war heiß und erregt – und das ganz allein in der Badewanne. Mit einer Hand glitt sie über ihren Unterleib und in ihre feuchte Mitte. Sie war ganz geschwollen vor Verlangen. Während sie sich selbst verwöhnte, konnte sie nur an Dane denken. Unvermittelt setzte sie sich auf. Sie war so nah am Höhepunkt, aber sie wollte nicht ganz alleine in die Tiefe stürzen.

Mit einem Fluchen darüber, wie langsam sie sich bewegen musste, stieg sie aus der Wanne und trocknete sich ab. Dann kramte sie ihr Handy aus der Handtasche und öffnete ihre Kontakte. Sie hatte Danes Nummer eingespeichert, nachdem er sie heute Morgen abgesetzt hatte.

Nachdem sie ihre Vernunft beiseitegeschoben hatte, rief sie ihn an. Schon nach dem zweiten Klingeln nahm er ab.

„Hey Chloe, alles in Ordnung?"

Der Klang seiner sanften Stimme verstärkte das Verlangen, das sie quälte. „Ich will dich sehen", erwiderte sie mit rauer Stimme.

„Gib mir zehn Minuten, dann bin ich da", antwortete Dane schnell. Und bevor sie noch etwas erwidern konnte, hatte er schon aufgelegt.

Sie saß auf dem Bett und fragte sich, was zum Teufel sie sich dabei gedacht hatte. Sie hatte ihn im Dunkeln in einer Höhle mitten im Wald kennengelernt. Sie wusste fast nichts über ihn, außer dass er Arzt war, eine Schwester hatte und in Catamount lebte. Alles, was sie fühlte, war völlig unerklärlich. Dabei kam es ihr so vor, als würde sie ihn schon seit

Jahren kennen. Ihr Herz hämmerte gegen ihre Rippen und die Vorfreude pulsierte durch ihre Adern.

———

Dane raste den Hügel hinunter in Richtung Stadt, wo Chloe wohnte. Ihre Stimme hatte ihn entflammt. Nach dem Mittagessen hatte er sie nur widerwillig am Gasthof abgesetzt und war in seine Praxis zurückgekehrt. Die nächsten paar Stunden hatte er damit verbracht, mit Jakes Hilfe ein wenig im Internet zu recherchieren. Es gefiel ihm zwar nicht, nach dem Tod von Callen in dessen E-Mails herumzuschnüffeln, aber er hatte das Gefühl, dass er dort Hinweise darauf finden würde, warum Callen Wochen nach seinem Aufbruch in den Westen als Berglöwe unterwegs gewesen war. Callen war einer der Alphas in ihrem Berglöwenclan. Seine Familie gehörte zusammen mit der von Dane und zwei anderen zu den Gründerfamilien von Catamount, das nach einem alten Spitznamen für Berglöwen benannt worden war.

Vor Jahrhunderten waren die wenigen Berglöwen im Osten der Vereinigten Staaten immer weiter nach Norden vorgestoßen, als die Menschen in ihr Gebiet eingedrungen waren. In dieser schwierigen Zeit war ein Wurf Berglöwen zur Welt gekommen, der die Fähigkeit entwickelt hatte, sich von der Katze zum Menschen zu wandeln. Ihre letzte Hoffnung, um vor dem Aussterben bewahrt zu werden. Bevor Berglöwen zu Shiftern geworden waren, um sich selbst zu retten, hatte es eine lose Rangordnung gegeben, in der die Alphas die größten Gebiete eingefordert hatten, ansonsten aber ein einsames Leben geführt hatten. Nachdem sie in immer kleinere Ecken der Wildnis getrieben worden waren und die Fähigkeit entwickelt hatten, sich zu wandeln, übernahmen die Alphas mehr und mehr die Rolle von Anführern innerhalb ihrer Clans und beschützten ihre Familien mit aller Kraft.

Solange die östlichen Berglöwen Shifter waren, gingen Gerüchte um, dass es auch in anderen Teilen des Landes Shifter gab. Obwohl es im Westen eine größere Zahl wilder Berglöwen gab, wurde gemunkelt, dass sie nur deshalb so verbreitet waren, weil es unter ihnen versteckte Shifter gab. Und Callen war fest entschlossen gewesen, sie zu finden. Er war der Meinung, dass die östlichen Arten sich vermehren mussten und wollte sie mit ihren Artgenossen anderswo zusammenbringen. Dane, der genauso ein Alpha wie Callen war, aber weniger daran interessiert war, sich in Szene zu setzen, war anderer Meinung und äußerte wiederholt seine Bedenken, dass Callen mit seinen Nachforschungen ihre Sicherheit aufs Spiel setzen würde. Nachdem die beiden sich durch viel zu viele E-Mails gewühlt hatten, stießen sie auf eine Reihe von Nachrichten mit einem Typ, der für den United States Fish and Wildlife Service arbeitete und in Montana lebte. Dane wurde ganz mulmig zumute, weil er befürchtete, dass Callen ihre Anwesenheit versehentlich an die Regierung verraten hatte.

Die möglichen Folgen wären verheerend gewesen. So wie es aussah, waren die Berglöwen nur noch auf einen Bruchteil des Gebiets beschränkt, das sie einst bewohnt hatten. Wenn die Regierung herausfand, dass es Berglöwenshifter gab, drohten ihnen Auflagen, sie würden eingesperrt, gezwungen, ihren Aufenthaltsort zu melden, oder noch schlimmer, sie würden zusammengetrieben und untersucht. Die Möglichkeiten waren grauenvoll. Die Shifter von Catamount hatten ihre Existenz jahrhundertelang geheim gehalten. Die Eigenschaft, sich von einem Menschen in einen Löwen und wieder zurück zu wandeln, war der Schlüssel zu ihrem Geheimnis und zu ihrer Sicherheit. Wenn Callen das aufs Spiel gesetzt hatte ... allein der Gedanke daran widerstrebte Dane. Jake war kurz vor Chloes Anruf gegangen und hatte versprochen, sich gleich am nächsten Tag an die Arbeit zu machen und zu versuchen, sich in den Computer des Mannes zu hacken.

Chloes Stimme war wie Musik in Danes Ohren. Er wollte sich nicht nur von seinen Sorgen darüber ablenken, was mit Callen passiert war und was das für seine Art bedeuten mochte, er wollte auch unbedingt jede Minute mit Chloe verbringen. Er wusste nicht genau, warum sie angerufen und so unumwunden verkündet hatte, ihn sehen zu wollen, aber er dachte gar nicht daran, ihr eine Abfuhr zu erteilen.

Rasch klopfte er an ihre Tür. Als Chloe ihm öffnete, geriet Danes Blut bei ihrem Anblick in Wallung. Ihr honigblondes Haar war feucht und weiche Strähnen umrahmten ihr Gesicht. Ihre grünen Augen strahlten. Sie trug nichts weiter als einen Bademantel. Er schluckte, als er erkannte, dass sie darunter wahrscheinlich nackt war. Ihre Haut war gerötet.

„Hey", begann sie mit leiser und heiserer Stimme.

Zögernd trat er durch die Tür. Sie verharrte dort, wo die Tür aufschwang. Als er erkannte, dass sie sich wegen ihres Knöchels nicht schnell bewegen konnte, trat er aus dem Weg und schloss die Tür, ohne seinen Blick von ihr zu lassen.

„Hey", erwiderte er, stellte sich vor sie und strich ihr eine lose Haarsträhne aus dem Gesicht. Nur eine flüchtige Berührung, und doch durchströmte ihn die Lust, die Wildkatze in ihm bäumte sich auf und reckte sich. Er zwang sich, einen Moment lang stillzuhalten und versuchte, in ihren Augen zu lesen. Darin erkannte er Verletzlichkeit und Unsicherheit, gemischt mit Hitze und Verlangen. Sie streckte ihre Zunge heraus, um über ihre Lippen zu lecken, und schon war es um ihn geschehen. „Sag mir, wenn dir das alles zu heftig wird", flüsterte er, kurz bevor seine Lippen auf die ihren trafen.

Danes Blut pochte in seinen Ohren und das Verlangen toste in ihm. Chloes Lippen waren weich und sinnlich. Sogleich öffnete sie ihren Mund und ihre Zunge verführte seine zu einem langsamen Tanz. Er trat näher und konnte sich gerade noch daran erinnern, dass er auf ihren Knöchel und ihr Bein aufpassen musste. Schließlich schlang er seine Arme um sie und drückte sie an seinen Körper. Das Gefühl ihrer Kurven an seinen harten Muskeln vertrieb alle Gedanken aus seinem Kopf. Getrieben von seinem Instinkt ließ er eine Hand langsam über ihren Rücken gleiten und streichelte ihren weichen, runden Po. Seine andere Hand wanderte ihren Hals hinunter und kreiste um ihre Brust, die so schwer und heiß in seiner Hand lag. Da entkam ein leiser Laut ihrer Kehle und sein Schwanz pochte gegen die Wiege ihrer Hüften.

Er zwang sich, seine Lippen zu entspannen und seine Hände ruhig zu halten. Er war dabei, sie zu erobern – genau hier und jetzt.

„Chloe", flüsterte er eindringlich.

Sie öffnete ihre grünen Augen, die vor Verlangen ganz verschleiert waren. Ihre Lippen waren geschwollen und sie drängte sich ihm entgegen. Ihr Atem ging stoßweise. „Ich wollte dich sehen, weil ich ..." Sie hielt inne, eine Röte überzog ihr Gesicht. „Ich habe noch nie so etwas für jemand empfunden. Ich musste dich einfach sehen", meinte sie schlicht. Dann löste sie sich von ihm, ihr Blick war fahrig. Sie biss sich auf die Lippe.

„Sei nicht so angespannt", stieß er heiser hervor. „Mir geht es doch genauso."

Ihr Blick flog zurück zu ihm. „Wirklich?"

Er nickte. Dann versuchte er zu überlegen, wie er das Ganze verlangsamen und ihr irgendwie begreiflich machen konnte, was er war. Doch sein Verstand spielte kaum noch mit. Als Chloe ein paar Schritte zurücktrat und ihren Bademantel aufmachte, gaben seine Knie nach. Er war verloren.

„Bevor du hierhergekommen bist, habe ich die ganze Zeit nur an dich gedacht ...", flüsterte sie und hob ihre Hände, um ihre Brüste zu umfassen. „Aber ich wollte nicht allein sein, und bloß an dich denken." Ihr Blick war verwegen und schüchtern zugleich.

Dane machte zwei Schritte und blieb nur wenige Zentimeter von ihr entfernt unvermittelt stehen. Sein ganzer Körper vibrierte vor Verlangen, das so stark war, dass er es kaum unterdrücken konnte. Er schloss die Augen und holte zitternd Luft. Als er sie wieder öffnete und ihrem sanften grünen Blick begegnete, musste er den Kopf schütteln, um sich wieder zu sammeln. „Du sollst wissen, dass ich dich mehr begehre, als ich je zuvor irgendjemand begehrt habe. Aber ich möchte dich nicht drängen ..."

Sie legte ihren Finger auf seine Lippen. „Du drängst mich doch gar nicht. Ich dränge dich. Aber ich kann überhaupt nichts dagegen tun." Sie ließ ihre Hand sinken und sah ihn erwartungsvoll und abwartend an.

Da legte er seine Stirn an ihre. So standen sie einen langen Moment lang da, die Zeit stand still, bevor er ihre Lippen umschloss. Ein kleiner Schritt näher und er spürte endlich ihre weichen Kurven an ihm. Das allein war schon himmlisch, die Erinnerung daran würde ihn ein Leben lang begleiten.

Einen Augenblick lang dachte Chloe, Dane würde ihr nicht geben, was sie wollte. Sie konnte nicht erklären, was sie fühlte, nur, dass sie sich nicht von ihrem alten, erschöpften Planungshirn davon abbringen lassen würde. Ihr Körper erwachte zum Leben und ließ sich voll und ganz auf Danes Körper ein. Das Verlangen schoss in Wellen durch sie hindurch. Sie wollte bloß seine nackte Haut an ihrer spüren und die Leidenschaft, die in ihr aufflackerte, in Flammen aufgehen lassen.

Er küsste sie zuerst sanft, bis sie ihn näher zu sich heranzog und ihre Zunge gegen die seine stieß. Ihr Kuss wurde immer wilder, ihre Zungen streichelten einander, sie knabberten und naschten voneinander. Schließlich mischte sich ein Keuchen in ihre Atemzüge. Sie drängte sich an seinen harten Körper und genoss das Gefühl, wie sich sein muskulöser Oberkörper und Bauch an ihre Brüste schmiegten. Mit einem Stöhnen lösten sich Danes Lippen von den ihrigen. Seine Augen musterten sie, ihr Blau wurde dunkler und kräftiger. Dann trat er einen Schritt zurück und hob sie vorsichtig hoch.

„Du hast jetzt lange genug dagestanden", stieß er mit rauer Stimme hervor.

Mit wenigen Schritten erreichte er das Bett und setzte sie vorsichtig ab, wobei er die Kissen hinter ihrem Kopf zurechtrückte. Ihr Bademantel öffnete sich dabei immer weiter. Sie wusste nicht, was da über sie gekommen war, aber in seiner Nähe empfand sie keine Scham. Also bewegte sie ihre Schultern, und der Mantel glitt ihr von den Brüsten.

Danes Atem ging stoßweise. „Du hast ja keine

Vorstellung, was du da mit mir anstellst", brachte er hervor.

„Ich will dich an mir spüren."

Dane riss sich das Hemd vom Leib und enthüllte einen Oberkörper, der all ihre Fantasien übertraf. Er war durchtrainiert, muskulös und geschmeidig. Nachdem er seine Schuhe ausgezogen hatte, ließ er sich vorsichtig neben ihr auf das Bett sinken. Das Bett gab mit seinem Gewicht nach, und sie konnte nicht verhindern, dass ihr Körper seinem entgegenrollte. Das Gefühl seiner Haut auf ihrer war explosiv.

Dane schloss die Augen und stöhnte. Dann rollte er sich auf die Seite und hob eine Hand, um ihre Schulter zu streicheln, sie um ihre Brust zu schlingen, ihre Taille zu umschmeicheln und schließlich auf ihrer Hüfte zu landen. Er atmete zitternd ein, als sie sich ihm entgegen wölbte.

„Chloe ... wir müssen es langsamer angehen ...", stieß er hervor.

„Ich will dir doch nur nahe sein", flüsterte sie.

Und das war die nackte Wahrheit. Ein kleiner Teil ihres Verstandes versuchte sie daran zu erinnern, dass das Ganze ziemlich abgedreht war. Sie war bisher nur mit einem Mann zusammen gewesen. Bevor sie Tom auf dem College kennengelernt hatte, waren ihre Erfahrungen mit Männern auf ein paar Küsse beschränkt gewesen. Sie hatte ihre Jungfräulichkeit an Tom verloren und anschließend mehrere Jahre lang regelmäßig durchschnittlichen Sex gehabt, ohne jemals auf die Idee zu kommen, dass ihr Körper sich im Entferntesten auch nur so anfühlen konnte, wie in der Nähe von Dane. Sie wusste nicht, was passieren würde, aber sie wollte sich nicht die Gelegenheit entgehen lassen, etwas zu fühlen, was sie noch nie gefühlt hatte.

Dann blickte sie zu Danes Gesicht auf. Seine Hand lag auf ihrer Hüfte und ihre Brüste streiften seinen Oberkörper. Seine Augen waren geschlossen, sein Atem ging rasend schnell. Chloe wünschte, sie hätte sich geschickter bewegen können, drückte sich hoch und legte eine Hand auf seine Brust. Seine Augen flogen auf, dunkel vor Verlangen. Da beugte sie sich vor und senkte ihre Lippen auf seine. Schon bei der kleinsten Berührung verschlang er ihren Mund. Er drehte sie so, dass sie wieder an den Kissen lehnte und küsste sie bis zur Besinnungslosigkeit. Heftige, wilde, leidenschaftliche Küsse.

Die Zeit löste sich in einem Schleier der Erregung auf, der sich um sie legte. Chloe gab sich ganz dem Gefühl hin und stürzte sich kopfüber in die Spannung, die zwischen ihnen pulsierte. Seine Küsse wanderten von ihren Lippen über ihren Hals bis hin zu ihren Brüsten. Langsam schob er ihr das Gewand von den Schultern. Darunter trug sie nichts weiter als ein bequemes Baumwollhöschen. Als sie Dane angerufen hatte, hatte sie sich gewünscht, etwas Aufreizendes anzuziehen, aber als sie vor vielen Monaten für diese lange Wanderung gepackt hatte, war sie sich sicher gewesen, dass sexuelle Abenteuer nicht auf der Liste ihrer Aktivitäten stehen würden, also hatte sie nur das eingepackt, was sie für eine monatelange Wanderung benötigte.

Als Dane sich nach oben beugte und seine Finger zwischen ihren Brüsten und über die weiche Wölbung ihres Bauches hinunterglitten, um über den Saum ihres Höschens zu fahren, lächelte er sanft. „Ist die scharf", flüsterte er.

„Die hier?", fragte sie und deutete auf das weiße Baumwollhöschen.

„Ja, so praktisch und einfach nur klasse. Du

brauchst gar nichts anderes zu tun, als einfach du selbst zu sein."

„Oh." Sie begegnete seinem Blick und verlor sich in dessen Tiefe.

Als er seine Lippen auf ihren Körper legte, begann er eine langsame Erkundung, die ihr den Atem raubte, sie nach Luft schnappen ließ und sie halb um den Verstand brachte. Mit seinen Lippen und seiner Zunge erkundete er ihren Körper, wobei er darauf achtete, nicht an den Verbänden an ihrem Bein zu reißen. Seine Berührung war sanft und bestimmt zugleich. Er streichelte sie, leckte an ihr und knabberte an ihr. Ihre Brüste verlangten nach mehr, und ihr Verlangen steigerte sich in ihrem Inneren zu einem feuchten Rausch. Als er schließlich seine Lippen über einer Brustwarze verschloss, schrie sie schier auf vor Lust. Er brachte sie immer höher und höher, indem er ihre Brustwarzen durch Saugen reizte, die harten Spitzen zwischen seinen Fingern drehte und sanft hineinbiss.

„Dane ...", keuchte sie hilflos.

„Ich bin ja da."

„Ich ... ahhh ... brauche ..."

„Das hier?", fragte er, als er mit seinen Fingern durch ihre Kringel fuhr, um durch ihre Schamlippen zu streichen, die von ihrer Lust durchtränkt waren. Ihre Hüften stemmten sich gegen seine Hand. Alles war nur noch verschwommen. Sein kräftiger Körper neben ihrem, der Hitze und kaum gezügelte Lust ausstrahlte. Seine Finger neckten sie, streiften über ihre Perle, tauchten in ihren Kanal ein und wieder heraus – wieder und wieder und wieder. Sie war kurz davor, durchzudrehen. Gerade als sie sich sicher war, es nicht länger zu ertragen, drang er mit zwei Fingern tief in sie ein und sein Daumen streichelte sie genau

dort, wo sie es gebraucht hatte. Ihr Höhepunkt riss sie mit sich fort.

Wie in einem Nebel schwebte sie nach unten. Danes Hand hielt inne, bevor er sie auf die weiche Wölbung ihres Unterleibs legte. Dann stützte er sich auf den Ellbogen, seine Augen auf sie gerichtet. Sein Puls schlug schnell an seinem Hals. Sie hob eine Hand – sie konnte kaum glauben, dass sie sich überhaupt bewegen konnte – und legte sie auf seine Brust, um sein pochendes Herz zu spüren. Seine Jeans trug er immer noch.

Chloe war sich nicht sicher, was sie sagen sollte, als er sich nicht bewegte, sondern ruhig und unbewegt an ihrer Seite verharrte, gespannt und abwartend. Sie war immer noch von dem explosivsten Orgasmus überwältigt, den sie je erlebt hatte, und dem einzigen, den sie mit jemand anderem als sich selbst genossen hatte. Dann ließ sie ihre Hand über seine Brust gleiten, strich über die Vorderseite seiner Jeans und umschloss seinen harten Schaft, dessen Hitze sie durch die Hose fühlen konnte.

Er schluckte, zog ihre Hand schnell weg und hob sie zu seinen Lippen. Dann drückte er ihr einen sanften Kuss auf die Handfläche. Der Kuss war wie ein Kieselstein, der ins Wasser fiel. Die Wellen begannen in ihrer Mitte und breiteten sich über ihren ganzen Körper aus. „Nicht jetzt", stieß er heiser hervor, als sie ihn anblickte.

„Aber ..."

Er schüttelte heftig den Kopf. „Das hat sich schon viel schneller und weiter entwickelt, als ich eigentlich vorgehabt hatte." Dann hielt er inne, schloss die Augen und atmete tief ein. Er schien fast körperliche Schmerzen zu verspüren. Sie strich mit ihrem Daumen über sein Handgelenk und zuckte fast zusammen, als sie seinen Puls dort spürte.

Dane schmunzelte. „Ich will dich", stellte er unumwunden fest, und seine blaugrauen Augen musterten sie aufmerksam. „Mehr als ich jemals irgendeine andere gewollt habe. Und genau deshalb legen wir jetzt eine Pause ein. Ich bin nicht auf eine schnelle Nummer aus. Ich will viel mehr als das."

Chloe ließ seine Worte auf sich wirken. Obwohl sie seinen Einwand zu schätzen wusste, empfand sie doch eine gewisse Enttäuschung. Sie wollte mehr ... so viel mehr. Ihr Herz und ihr Körper jubelten bei seinen Worten, aber sie hatte ihre Gefühle für Dane noch nicht genau erforscht. Angesichts ihrer Tiefe und Heftigkeit in so kurzer Zeit hätten bei ihr eigentlich sämtliche Alarmglocken schrillen müssen. Aber bei Dane fühlte sie sich einfach sicher, beschützt und begehrter als je zuvor in ihrem Leben. Ganz zu schweigen davon, dass sie sich mehr zu ihm hingezogen fühlte, als sie sich vorstellen konnte. Das zeigte sich schon daran, dass sie ihn kaum kannte und nicht einmal darüber nachgedacht hatte, ihren Bademantel zu öffnen und ihn zu sich ins Bett zu zerren.

Sie atmete tief ein. „Na dann."

Als sie aufblickte, lächelte er und seine Augenwinkel erinnerten sie wieder an eine Katze.

KAPITEL FÜNF

Am nächsten Morgen traf sich Dane wie geplant mit Jake im Haus von Shana und Callen, um das fortzusetzen, was sie am Vortag begonnen hatten und hoffentlich mehr Antworten als Fragen zu finden. Dane ließ Jake an Callens Computer, bevor er anfing, für Shana zu packen. Sie hatte ihm eine kurze Liste mit Dingen geschickt, die sie brauchte. Er kümmerte sich schnell darum und lud die Kisten in seinen Truck. Als er in die Küche zurückkehrte, zog er einen Stuhl neben Jake heran und setzte sich dann wortlos an den Tisch. Jake bewegte die Maus schnell über den Tisch und scrollte in rasantem Tempo durch die Bildschirme. Er hatte einen USB-Stick eingesteckt, um alles zu speichern, was er fand.

„Hast du was rausgefunden?", fragte Dane.

Das Einzige, was ihn von Chloe ablenkte, waren seine Sorgen darüber, was mit Callen passiert war. Aber auch wenn er sich davor fürchtete, tauchte Chloe immer wieder in seinen Gedanken auf.

Jake klickte noch ein paar Mal, bevor er antwortete. „Es gibt da ein paar Spuren, denen wir nachgehen. Der Typ, der immer wieder in seinen E-Mails auftaucht, Hayden Thorne, arbeitet für Fish and Wildlife. Ich kann ihm zwar nichts nachweisen, aber er hatte in letzter Zeit häufiger Kontakt mit Callen, und dabei ist es nur um Berglöwen und Gerüchte über Shifter gegangen. Es hat sich ganz so angehört, als wäre er von dieser Legende ziemlich angetan, aber er hat eine Menge Fragen gestellt. Zu viele. Und mir gefällt nicht, dass er für das FBI arbeitet."

„Ja, das macht mich auch ein wenig nervös", antwortete Dane.

Jake speicherte die Daten, zog den USB-Stick heraus und steckte ihn schnell ein. Dann drehte er sich auf seinem Stuhl und sah Dane an. „Also – was läuft da eigentlich mit Chloe?"

Dane machte sich nicht einmal die Mühe, es zu verbergen. Jake war auch ein Shifter. Er konnte genau nachvollziehen, was er da gestern bei Dane gespürt hatte. „Sie gehört mir", sagte er einfach, bevor er sich wieder fasste. „Lass es mich anders ausdrücken: Der Berglöwe in mir würde sie gerne zu meiner machen. Aber ich besitze auch gesunden Menschenverstand, also versuche ich herauszufinden, wie ich ihr am besten sagen kann, wer und was ich bin."

Jake gluckste. „So viel habe ich schon mitbekommen, aber wie ernst ist es dir?"

„So ernst wie noch nie. Sobald ich in ihre Nähe gekommen bin, habe ich gewusst, dass sie die Richtige ist."

Jakes Grinsen verblasste und seine blauen Augen blickten nachdenklich. „Wann genau hast du vor, ihr zu sagen, dass du ein Shifter bist? Und was das überhaupt bedeutet?"

Dane drehte den Kopf und entspannte so seinen Nacken. „Sobald ich kann. Ich überlege mir nur noch, wie und wann. Ich möchte es auf keinen Fall aufschieben. Sie soll nicht denken, dass ich irgendwas vor ihr verbergen würde. Aber verdammt, ich habe keine Ahnung, wie ich das anstellen soll. Kannst du mir irgendeinen Ratschlag geben?"

Jake schüttelte bedächtig den Kopf. „Du weißt, wie das bei mir gelaufen ist, als ich es einmal versucht habe. Nicht besonders gut."

Jake hatte sich auf dem College in eine Frau verliebt. Bis heute glaubte Dane nicht, dass es Liebe gewesen ist, sondern eher Lust. Aber als Jake ihr gezeigt hatte, wer und was er war, war sie völlig ausgeflippt. Am Ende hatte sie den Campus auf Nimmerwiedersehen verlassen, allerdings nicht ohne zuvor eine Menge Gerüchte zu verbreiten. Seitdem hatte Jake jeder Frau abgeschworen, die keine Shifterin war, aber das schränkte seine Möglichkeiten erheblich ein. Hinzu kam, dass Shifterclans stärker und gesünder blieben, wenn sie sich mit Menschen verbanden. Dane wollte Chloe auf keinen Fall verlieren. Er konnte bloß seine Sorge nicht abschütteln, wie er es ihr sagen sollte und was er tun würde, wenn sie nicht damit zurechtkommen würde.

Dane nickte. „Ich weiß. Ich hoffe, dass es mit Chloe nicht so laufen wird." Dann fuhr er sich durch die Haare. „Aber das werde ich schon hinkriegen."

———

Chloe schlenderte langsam die Straße entlang und sah sich die verschiedenen Geschäfte an. Dabei bewegte sie sich vorsichtig mit der Schiene an ihrem Knöchel. Catamount besaß das typische begrünte Stadtzentrum Neuenglands, das von kleinen Geschäften in alten, klassischen Gebäuden umgeben war. Letzte Nacht war sie in Danes warmer Umarmung eingeschlafen und allein aufgewacht. Er hatte ihr in den frühen Morgenstunden eine SMS geschickt.

Bin auf dem Weg nach Hause. Muss morgen früh ein paar Dinge erledigen. Bis später.

Allein das Lesen seiner Worte hatte ihr Herz höherschlagen lassen. Dane weckte Fantasien und Hoffnungen, die ihr nie in den Sinn gekommen waren. Nach ihrer jähen Enttäuschung über Männer und das Leben im letzten Jahr hatte sie sich vorgestellt, den Appalachian Trail entlang zu wandern und dabei stark und unabhängig zu werden, ohne jemals wieder das Gefühl zu haben, einen Mann zu brauchen. Doch die Begegnung mit Dane war so anders als alles, was sie je erlebt hatte, dass sie nicht wusste, wie sie das mit ihrer Vorstellung in Einklang bringen sollte. Ihr Körper sehnte sich buchstäblich nach ihm, und zwar in einem Ausmaß, das sie eigentlich hätte erschrecken müssen. Und doch war da diese seltsame Geborgenheit, die sie bei ihm verspürt hatte. Als ob sie ihn schon immer gekannt hätte.

Ein freundliches Schild an einem alten Haus im Kolonialstil stach ihr ins Auge: „Roxanne's Country Store, Wir haben alles". Chloe konnte nicht widerstehen, herauszufinden, was „alles" war, und trat durch die Tür in einen warmen, belebten Raum. Sie hatte gar nicht bemerkt, wie kalt ihr gewesen war, bis sie den Laden betreten hatte. Mit ihr wehte die frische Herbstluft herein. Während sie durch die Gänge schlenderte, stellte sie fest, dass Roxannes Laden von Lebensmitteln über Eisenwaren bis hin zu Geschenken und Kleinigkeiten alles zu bieten hatte. Auf der einen Seite befand sich eine Menschentraube, in der ein Feinkostladen und ein Café mit kleinen Tischen untergebracht waren.

Als sie sich dem Bereich näherte, spürte sie die Augen vieler Menschen auf sich gerichtet. Wie immer höflich, lächelte sie und nickte. Eine stämmige Frau mit blonden Haaren, die zu einem lockeren Knoten zusammengebunden und mit einem Stift festgehalten wurden, stand hinter dem Tresen. „Hallo", rief die betreffende Frau. „Sind Sie gerade auf Besuch hier?"

Chloe stellte sich an den Tresen. „Ja. Ich war auf dem Trail und habe mir vor zwei Tagen den Knöchel verstaucht", erzählt sie und deutete auf ihren geschienten Fuß.

Die Frau lehnte sich über den Tresen und sah sie an. „Allerdings. Wie haben Sie es denn in dem Zustand ins Tal geschafft?"

Chloe zögerte einen Moment und war sich nicht sicher, ob sie Danes Namen aussprechen konnte, ohne rot zu werden. Einige andere wandten sich um und blickten sie neugierig an. „Ich bin auf dem Trail einem ... einem Mann begegnet, Dane. Er hat mich den ganzen Weg getragen."

Die Frau hinter dem Tresen lächelte breit. „Oh, da hätten Sie keinen besseren Mann treffen können. Ich wette, er hat sich auch um Ihren Knöchel gekümmert", bemerkte sie mit einem Augenzwinkern.

Chloe wurde rot, als sie nickte.

Die Frau gluckste. „So ist Dane eben. Übrigens, ich bin Roxanne."

„Oh, ist das Ihr Laden? Der ist ja klasse! Sie haben ja wirklich von allem was dabei."

Roxanne lachte. „Das versuche ich zumindest."

Chloe konnte ihre Neugierde auf Dane nicht unterdrücken. „Woher kennen Sie Dane eigentlich?"

„Es ist schwer, Dane nicht zu kennen, wenn man hier in der Gegend lebt. Seine Familie ist eine der ältesten in der Stadt. Er und seine Schwester sind bereits die vierte Generation in ihrer Familie. Er ist ein feiner Kerl und ein verdammt guter Arzt. Sie können von Glück reden, dass Sie ihn da draußen getroffen haben."

Chloe dachte an die letzte Nacht zurück, als sie in seinen Armen fast in Flammen aufgegangen wäre, und stellte fest, dass sie vielleicht auf eine Weise Glück hatte, die Roxanne nicht im Sinn gehabt hätte. Aber sie lächelte und nickte. „Wie lange leben Sie schon in Catamount?"

Roxanne antwortete wie aus der Pistole geschossen. „Oh, ich bin hier geboren, genau wie Dane. Mein Großvater hat den Laden gegründet, als ich noch ein Baby war. Er hat ihn von Anfang an nach mir benannt."

„Hey Roxanne, gibt es irgendwelche Neuigkeiten von Callen?", fragte ein Mann, der von vorne an den Tresen herangetreten war.

Chloe drehte sich um und sah Jake, den sie gestern mit Dane beim Mittagessen getroffen hatte. Sein Blick fiel auf sie, und er lächelte höflich. Er war groß und schlaksig, hatte goldbraunes Haar und blaue Augen, die den gleichen katzenhaften Ausdruck hatten wie Danes Augen, die an den Augenwinkeln leicht hochgezogen waren.

„Nicht viel. Aber es hat eine weitere Meldung über den Berglöwen gegeben, der in Connecticut angegriffen worden ist", antwortete Roxanne.

Obwohl Chloe Roxanne erst seit etwa drei Minuten kannte, spürte sie, dass Roxanne Jake irgendetwas mitteilen wollte. Neugierig geworden, beäugte Chloe Jake.

Seine Augen huschten zu Chloe und zurück zu Roxanne, bevor er nickte. „Ach ja. Genau, die Leute rasten wegen dieser Sache total aus. Ich weiß nur nicht, warum sie so verdammt überrascht sind. Ich schätze, dass Berglöwen schon oft so weit gewandert sind. Ohne einen konkreten Hinweis wie den Peilsender, der das belegt, hält das bloß niemand für möglich."

Dann wandte er sich an Chloe. „Wie geht es deinem Knöchel?"

„Ziemlich gut, aber mit dieser Schiene kann ich ihn nicht viel bewegen. Ich humple aber ganz gut herum."

Jake nickte. „Gut, dass du Dane begegnet bist. Du hättest keinen Besseren finden können, nachdem du da draußen deinen Unfall gehabt hast."

Chloe nickte. „Ich weiß. Mir wäre auch lieber gewesen, wenn ich mitten im Wald keinen Arzt gebraucht hätte, aber dass ich einen gefunden habe, war auf jeden Fall von Vorteil."

Jakes blaue Augen schweiften über ihr Gesicht. „Wie lange hast du denn vor, in Catamount zu bleiben?"

Sie dachte einen Moment lang nach und spürte auf Jakes Frage hin mehrere Augenpaare auf sich gerichtet. Ihr war klar, dass dieser Ort so klein war, dass die Neugier auf Neuankömmlinge groß sein würde. Sie wusste zwar nicht, wie lange sie bleiben wollte, aber sie war sich sicher, dass sie lange genug bleiben wollte, um zu erkunden, was auch immer sich zwischen ihr und Dane abspielen mochte. Was das bedeutete, wusste sie nicht, aber sie würde nicht einfach abhauen. Deshalb beschloss sie, dass eine ehrliche Antwort die beste wäre.

„Keine Ahnung. Aber im Moment habe ich keine Pläne weiterzuziehen", antwortete sie schlicht.

Jakes Augenbrauen hoben sich, was sie dazu veranlasste, genauer darauf einzugehen. „Als ich beschlossen habe, auf dem Appalachian Trail zu wandern, hatte ich keine Pläne, was ich tun würde, nachdem ich damit fertig geworden wäre. Und jetzt bin ich hier, also habe ich gedacht, dass ich auch ein bisschen bleiben könnte."

Jake nickte und ein langsames Lächeln breitete sich auf seinem Gesicht aus. „Also gut. Sieh zu, dass Dane dich ein bisschen rumführt. Er soll dich zum Schattenfelsen bringen. Sag ihm, dass ich das vorgeschlagen habe."

Damit zwinkerte er ihr zu und wandte sich zum Gehen, bevor sie ihn noch fragen konnte, was er damit eigentlich gemeint hatte. Chloe sah Roxanne an, die sie mit einem erwartungsvollen Schimmer in den Augen musterte.

Im Gegensatz zu Jake scherte sich Roxanne nicht um geheimnisvolle Anspielungen. „Dane muss Sie wohl wirklich mögen", grinste sie.

Chloe errötete und hasste es zum tausendsten Mal, rot zu werden. Sie konnte einfach nicht verbergen, was sie fühlte. Aber sie hielt Roxannes Blick stand und zuckte mit den Schultern. „Vielleicht?"

Roxanne brach in Gelächter aus. „Oje, er mag Sie ganz bestimmt. Machen Sie, was Jake vorschlägt und bitten Sie ihn, Sie zum Schattenfelsen mitzunehmen."

„Wo ist dieser Schattenfelsen eigentlich und warum sollte ich Dane bitten, mich dorthin mitzunehmen?" Chloes Neugierde wurde immer größer. Es war klar, dass man sie in eine bestimmte Richtung drängen wollte. Sie war sich aber nicht ganz sicher, was sie dort zu sehen bekommen ... oder wissen sollte.

Roxannes Lachen verstummte und ihr Blick wurde ernst. „Ich mache es kurz. Dieser Ort ist Dane sehr wichtig. Wenn Sie ihn auch nur annähernd so sehr mögen, wie es den Anschein hat, dann müssen Sie unbedingt verstehen, was ihm am Herzen liegt."

Chloe wusste nicht, wie das möglich war, aber sie errötete noch stärker und ihr Gesicht wurde ganz heiß. Doch sie verdrängte das Gefühl. „Wie sehr scheine ich ihn denn zu mögen?"

Roxanne lächelte, ihr Lächeln war jetzt sanft und herzlich. „Süße, Sie werden ja rot wie ein Schulmädchen. Ich mag nicht viel wissen, aber ich habe ein gewisses Gespür. Vielleicht ist es nur eine Verliebtheit, aber so kommen Sie mir nicht vor. Und wenn Jake Ihnen empfiehlt, Dane danach zu fragen, Sie zum Schattenfelsen mitzunehmen, weiß er, dass Dane ganz schön verknallt ist. Ich kann Ihnen auch nicht erklären, wie das so schnell passieren konnte, aber es gibt da ein paar Situationen, in denen ich meinen Instinkten vertraue, und Herzensangelegenheiten gehören dazu."

Chloe spürte, wie Roxannes Worte sie innerlich aufwühlten. Auch wenn sie das alles vor einem Jahr noch für verrückt gehalten hätte, in diesem Moment fühlte es sich richtig und wahr an. Sie atmete tief durch und nickte, wobei ihre Röte ein klein wenig verblasste.

„Also gut. Dann werde ich Dane wohl bitten, mich zum Schattenfelsen mitzunehmen. Gibt es etwas, das ich vorher wissen sollte?"

Roxanne sah sie aufmerksam an und seufzte. „Wahrscheinlich, aber das kann ich Ihnen nicht sagen. Vergessen Sie aber bitte auf keinen Fall, dass nicht alles so ist, wie es scheint. Wir haben alle ein Herz und allein das zählt."

Ein leises Schaudern lief Chloe über den Rücken, gefolgt von einem Anflug von Verärgerung darüber, dass Roxanne jetzt genauso verschwiegen war wie Jake.

Sie hob ihr Kinn an und sah Roxanne an. „Ach, Sie jetzt auch?"

Roxanne schien genau zu wissen, was Chloe meinte. Sie zuckte mit den Schultern und grinste. „Hey, ich versuche, so ehrlich wie möglich zu sein, aber das hier muss Dane schon selbst erklären."

„Na gut. Ich frage ihn heute." Dann wandte sie sich zum Gehen. „Schön, Sie kennengelernt zu haben, Roxanne."

„Gleichfalls. Ich hoffe, wir sehen uns bald wieder", antwortete Roxanne mit einem breiten Lächeln.

Chloe ging hinaus, verunsichert von den geheimnisvollen Äußerungen von Jake und Roxanne. Sie befürchtete, dass Dane ihr etwas verheimlichte, aber sie vertraute ihm. Aber auch Tom hatte sie vertraut und das hatte sich letztlich als Trugschluss herausgestellt.

KAPITEL SECHS

Dane schritt auf Chloes Hoteltür zu und klopfte. Sie machte ihm die Tür weit auf und lächelte. Er unterdrückte den Drang, sie hochzuheben und sie wieder genau dorthin zurückzubringen, wo sie letzte Nacht gewesen waren, in den Armen des anderen verschlungen. Ihr honigfarbenes Haar fiel ihr in zerzausten Wellen um die Schultern. Ihre waldgrünen Augen waren hell und ... neugierig.

„Könntest du mich mit zum Schattenfelsen nehmen?", fragte sie, ohne ihn vorher begrüßt zu haben.

Er fragte sich sofort, wen sie heute getroffen hatte, denn nur enge Freunde kannten den Schattenfelsen, und wenn sie ihn ihr gegenüber erwähnt hatten, hatten sie ziemlich deutliche Andeutungen gemacht. Dane fluchte leise. Er musste die Sache klären, bevor sie weitermachen konnten, aber er wusste nicht so recht, wie er das anstellen sollte. Dass Jake ihn daran erinnerte, wie verheerend das für ihn gelaufen war, half Dane auch nicht dabei, herauszufinden, wie er es anstellen sollte.

Für den Moment musste er einfach improvisieren. „Wollen wir einander nicht zuerst gebührend begrüßen?", fragte er verschmitzt.

Chloe lächelte breit. „Hallo, wie war dein Tag?"

Er lachte. „Ganz okay. Und bei dir?"

Sie nickte entschlossen. „Gut. Ich bin durch die Stadt gelaufen ..."

Er konnte es nicht lassen, sie zu unterbrechen. „Du bist gelaufen? Warum hast du mich nicht angerufen? Du musst doch deinen Knöchel schonen."

Sie verdrehte die Augen und seufzte. „Ich habe geahnt, dass du das sagen würdest. Aber ich verspreche, dass ich vorsichtig gewesen bin. Den ganzen Tag über habe ich die Schiene getragen. Ich habe sogar Zeugen."

„Und wer soll das sein?", konterte er, weil er dachte, dass er so herausfinden könnte, wer sie auf die Idee gebracht hatte, ihn nach dem Schattenfelsen zu fragen.

„Ich habe Roxannes Laden einen Besuch abgestattet und dort auch Jake wiedergesehen."

„Ah, Roxannes Laden. Dieser Ort ist wohl der Mittelpunkt des Universums, wenn es um Catamount geht." Er fragte sich, was Roxanne und Jake wohl zu Chloe gesagt hatten. Er wusste, dass er irgendwie mit ihr sprechen musste, aber er hätte gerne ein bisschen mehr Zeit gehabt, um zu überlegen, wie er das anstellen sollte.

Chloe grinste. „Sieht ganz so aus. Roxanne hat mir erzählt, dass sie dich schon dein ganzes Leben lang kennt. Und Jake hat mir geraten, dich nach dem Schattenfelsen zu fragen."

Dane wurde heiß und kalt zugleich. Er überlegte, wie er heimlich herausfinden konnte, wer was zu ihr gesagt hatte, während Chloe ihm gegenüber ein offenes Buch war. Also traf er eine Blitzentscheidung. Wenn er wollte, dass das, was er sich von Chloe erhoffte, eintrat, durfte er das nicht länger hinauszögern. Sie musste wissen, wer und was er war. Doch die Vorstellung machte ihm Angst. Das könnte seine Chancen bei ihr zunichtemachen.

„Jake weiß, was mir wichtig ist. Und man kann sagen, dass er versucht, mir dabei zu helfen, was ich zu tun habe."

Chloes Augen wurden ernst. „Was meinst du?"

Er machte sich nicht die Mühe, sich zu verstellen, sondern drückte sich ganz offen aus. „Ich habe dir doch gesagt, dass ich keine Affäre möchte. Mit dir will ich viel mehr als das. Vielleicht hältst du mich ja für verrückt, aber das glaube ich nicht. Ich denke, du spürst es auch. Jake kennt mich gut genug, um zu wissen, was er neulich bei uns gesehen hat. Also ...", er hielt inne und führte seine Hand durch ihren Ellbogen. „Lass uns gehen."

Chloe sah verwundert und neugierig aus, aber sie widersprach seinen Worten nicht. Sie nickte und wandte sich um, um sich ihre Jacke und ihre Handtasche zu schnappen. Dane trat an ihr vorbei und reichte sie ihr. Während er ihr in seinen Wagen half, schmiedete er den einzigen Plan, der ihm einfiel: Es ihr zu sagen und dann auch zu zeigen. Er konnte nur hoffen, dass sie nicht vor ihm weglaufen würde.

Dane nickte und holte tief Luft, als er seinen Wagen startete. Dann griff er nach ihrer Hand. Er hob sie an und drückte ihr einen Kuss mitten auf die Handfläche. Dabei hielt er ihre Hand fest in der seinen.

„Darf ich dich bitten, mir zu vertrauen?"

Chloes Augen trübten sich für einen Moment und in ihren Tiefen blitzte ein Schmerz auf. Er wusste, dass es ihr nach dem, was ihr Ex ihr angetan hatte, nicht leichtfallen würde, Vertrauen zu fassen. Deshalb verließ er sich ganz auf die tiefe Verbundenheit zwischen ihnen. Sie hatten einander zwar gerade erst kennengelernt, aber ihre Herzen, Seelen und Körper kannten einander bereits. Sie atmete tief durch und nickte.

Dane begann zu fahren. Er überlegte, wie er ihr am besten erklären konnte, was er ihr gleich zeigen würde, aber es gab keine einfache Erklärung, um auf den Punkt zu kommen. An einer nicht ausgeschilderten Einfahrt in den Wald auf der anderen Seite der Stadt hielt er an. Der Appalachian Trail war kilometerweit von hier entfernt, sodass die Wahrscheinlichkeit, auf Menschen zu treffen, deutlich geringer war. Der Schattenfelsen lag bloß ein kurzes Stück entfernt. Dorthin hatte ihn sein Vater mitgenommen, als er noch ein Junge gewesen war, um ihm zu zeigen, was er war. Auch sein Großvater hatte seinen Vater dorthin mitgenommen und so war es über Generationen hinweg immer weitergegangen. Nachdem sie aus dem Truck ausgestiegen waren, ergriff er ihre Hand und führte sie vorsichtig durch die Bäume, bis sie den Rand einer Lichtung erreichten, an deren Rand der Schattenfelsen lag – ein großer, flacher Felsblock. Er hob sie hoch und setzte sie darauf.

„Ist das der Schattenfelsen?", fragte sie mit leiser Stimme im schwindenden Licht.

Er nickte. „Wenn die Sonne aufgeht, wirft er einen Schatten auf den Großteil der Lichtung. Anders kann man seinen Namen nicht erklären."

Ihre waldgrünen Augen waren zwar zurückhaltend, aber offen. „Chloe, ich werde dir jetzt etwas erzählen, was die meisten Menschen nicht wissen. Es könnte dich erschrecken und du könntest mich für verrückt halten. Aber ich muss es dir sagen, weil ich dich mehr will als irgendeine andere und ich kann nicht weitermachen, ohne dass du weißt, wer ich bin."

Ihre Brüste hoben und senkten sich mit ihrem Atem. Ihr Blick war neugierig mit einem Hauch von Vorsicht darunter. Die Abendluft war kühl. Ein Nebel lag über den Bäumen. Dane hoffte inständig, dass sie es verstehen würde, aber er wusste nicht, ob sie das wirklich tat. Sie antwortete nicht, sondern nickte nur andächtig – also musste er es ihr sagen und darauf vertrauen, dass sie damit umgehen konnte.

„Du hast sicher schon von den Gerüchten über Berglöwen hier gehört, oder?"

„Natürlich. Deshalb heißt es ja auch Catamount. Ich dachte, ich hätte neulich zwei gesehen, als ich auf dich gewartet habe", antwortete sie mit einem leichten Schulterzucken. „Die beiden waren wunderschön."

„Es gibt sie wirklich. Es ist nur so, dass ..." Er hielt kurz inne und fuhr dann fort. „... Berglöwen in dieser Gegend auch Menschen sind. Sie wandeln ihre Gestalt. Und ich bin einer von ihnen", stellte er schlicht fest.

Chloe zuckte zusammen. Ihre Augen weiteten sich. „Was? Das verstehe ich nicht."

„Unsere Art ist aus ihren angestammten Gebieten vertrieben worden, als dieser Teil des Landes besiedelt worden ist. Wir sind immer weiter in die Wälder und in den Norden gedrängt worden. Aber weil wir dort nicht genug Platz hatten, sind wir ausgestorben. Vor etwa zweihundertfünfzig Jahren sind dann am Mount Katahdin die ersten Shifter geboren worden. Berglöwen, die zwischen Menschen- und Katzengestalt wechseln konnten, haben überlebt, während der Rest immer wieder ausgestorben ist. Alles, was von unserer Art im Osten übrig ist, sind Shifter. Meine

Familie stammt von der ersten Generation von Shiftern ab."

Chloes Augen weiteten sich mit einem Hauch von Angst, aber sie rannte nicht davon und sah auch nicht angewidert aus, also fuhr er fort. „Wir leben genau wie ihr. Wir arbeiten, wir haben Jobs und wir leben unser Leben. Aber manchmal kommt unsere Katzennatur zum Vorschein und wir müssen uns wandeln, also gehen wir in den Wald. Wir tun Menschen nichts, weil wir zum Teil menschlich sind. Unser menschlicher Verstand begleitet uns in beiden Erscheinungsformen. Er ist ein Teil von mir, ein Teil, der immer da sein wird. Das musste ich dir einfach sagen, bevor sich noch mehr zwischen uns entwickelt."

Chloe schaute sich auf der kleinen Lichtung um. „Hast du mich deshalb hierhergebracht? Um mir das zu zeigen?"

Dane nickte. „Du sollst wissen, wer ich bin. Und du sollst wissen, dass ich glaube, dass wir füreinander bestimmt sind. Beide Teile von mir fühlen sich so stark zu dir hingezogen, dass ich nicht darüber hinwegsehen kann. Aber es ist nur angemessen, dass du weißt, wer ich wirklich bin."

Sie richtete ihren Blick wieder auf ihn. Unsicherheit traf auf Neugierde. „Also gut", sagte sie langsam. „Muss ich mir Sorgen machen, wenn du dich in deiner anderen Form befindest?" Sie hielt inne und schüttelte schnell den Kopf. „Ich kann gar nicht glauben, dass ich dieses Gespräch überhaupt führe."

„Du musst dir nie Sorgen machen. Niemals. Berglöwen, die sich wandeln, beschützen die, die ihnen wichtig sind, mit großer Hingabe. Wir sind einfach so geworden, weil wir überleben wollten. Wilde Berglöwen sind bekannt dafür, sich als Einzelgänger durchzuschlagen. Aber wir hätten so nicht überleben können, also haben wir uns weiterentwickelt. Wir tun Menschen niemals etwas zuleide, aber die, die uns am Herzen liegen, beschützen wir unter Einsatz unseres Lebens."

Chloe sah ihn aufmerksam an und schwieg einen langen Moment. Dann kamen die ersten Fragen. „Wenn es Shifter schon so lange gibt, wie kommt es dann, dass man sagt, die östlichen Berglöwen wären ausgestorben? Wie viele Familien gibt es? Und wie kannst du mit mir zusammen sein, wenn ich doch keine Shifterin bin?" Sie stellte eine Frage nach der anderen und ihre Stimme wurde immer lauter.

Die Anspannung in ihm stieg ins Unermessliche. Sein Herz pochte. Er musste ihr irgendwie klarmachen, dass sie nichts zu befürchten hatte, aber er musste dabei vorsichtig zu Werke gehen. Er zwang sich, langsam zu atmen, obwohl sein Herz wie wild schlug, weil er Angst hatte, dass sie ihn zurückweisen würde.

Er begegnete ihrem Blick. „Du kannst so viele Fragen stellen, wie du möchtest. Soll ich dir schon antworten?"

Sie nickte heftig.

„Die meisten Leute denken, dass die östlichen Berglöwen ausgestorben sind, weil sie das in ihrer ursprünglichen Form auch sind. Wir haben unser Bestes getan, um unsere Anwesenheit zu verbergen, wenn wir uns wandeln. Unsere Vorfahren sind fast bis zur Ausrottung gejagt worden, und als sie gelernt haben, sich zu wandeln, mussten wir uns verstecken, um sicher zu sein und zu überleben. Wie viele Shifterfamilien es gibt, weiß ich nicht. Catamount ist von vier Familien gegründet worden, einschließlich meiner. Allein in Catamount besteht die Hälfte der Bevölkerung, vielleicht sogar mehr, aus Shiftern. Auch wir sind nicht an einem Ort geblieben. In den meisten östlichen Gebirgsregionen findest du überall Shifter. Es gibt Gerüchte über unsere Art im Westen, aber sicher sind wir uns da nicht." Dann hielt er inne und holte tief Luft. „Zu deiner letzten Frage: Shifter sind Menschen und Berglöwen zugleich – nicht das eine oder das andere. Nur so können wir uns mit Menschen paaren. Ich bin ein Mensch, der sich zufällig in einen Berglöwen wandeln kann. Über die Generationen hinweg haben wir gesehen, dass Shifter gesünder bleiben, wenn sie sich mit Menschen paaren. Wenn sich Shifter und Menschen paaren, können einige ihrer Kinder Shifter sein, andere nicht. Das lässt sich nicht vorhersagen."

Als er mit ihren Fragen fertig war, hielt er inne. Sie saß ganz still da. Er hatte das Gefühl, auf einem schmalen Grat zu wandeln – eine falsche Bewegung, und er könnte abrutschen und sein Glück bei ihr verspielen. Nach einem langen Schweigen nickte sie langsam. Er erhob sich von dem kleinen Felsbrocken und sah ihr in die Augen. „Darf ich es dir zeigen?"

Die Wildkatze in ihm wand sich unter seiner Haut und verlangte nach Erlösung. Er wusste, dass er sich zusammenreißen musste, denn Chloes Anwesenheit steigerte sein Verlangen so sehr, dass er sich kaum beherrschen konnte. Die Tiefe seines Verlangens nach ihr pochte wie eine Trommel durch seinen Körper. Seine Wildheit rief den Kater in ihm auf den Plan. Auf ihr Nicken hin entledigte er sich seiner Kleidung. Ihr Blick war ruhig, doch er spürte einen Hauch von Angst. Er entfernte sich ein paar Schritte und schloss die Augen. Für Löwen war das Wandeln einfach. Bei anderen Tieren, so hatte er gehört, konnte es schmerzhaft sein. Bei Löwen verlief das Wandeln fließend und anmutig. Mit einem tiefen Atemzug ließ er seinen

Kater los und spürte, wie das Fell sich über seine Haut legte. In Sekundenschnelle stand er auf allen Vieren da. Er blickte zurück zu Chloe, deren Mund offenstand. Langsam begann er, auf sie zuzugehen. Ursprüngliches Verlangen pulsierte durch seine Adern. Doch er hielt es im Zaum und näherte sich ihr langsam.

Einige Schritte von ihr entfernt blieb er stehen. Sie streckte langsam eine Hand aus, um ihn zu berühren. Ihre Berührung war zuerst zögerlich, wurde dann aber immer selbstbewusster und neugieriger. Er schmiegte sich in ihre Hand und sein Schnurren dröhnte in seiner Brust. Bei diesem Geräusch lächelte sie zaghaft. Nach einigen Augenblicken schlenderte Dane mit schwingendem Schweif davon. Dann schloss er wieder seine Augen und rief sein menschliches Ich zurück. Ein Ruck ging durch seinen Körper und sein Fell wurde in einer Welle zur Haut. Schnell zog er seine Kleidung wieder an und spazierte zu Chloe.

———

Chloe saß im schwindenden Licht da und die kühle Luft ließ sie frösteln. Sie sah der Wildkatze hinterher, die sich von ihr entfernte. *Dane, das ist Dane. Wie kann das nur Dane sein?* Sie schüttelte heftig den Kopf. Die letzten Minuten hatten alle ihre Vorstellungen darüber, was wirklich war und was nicht, über den Haufen geworfen. Sie dachte an den vergangenen Vormittag zurück, als sie auf Danes Rückkehr gewartet und die beiden Berglöwen gesehen hatte. Nun fragte sie sich, ob das wohl Dane und ein anderer Shifter gewesen waren, vielleicht seine Schwester. Sie beobachtete, wie sich sein Körper krümmte und sich von einer Wildkatze zurück in einen Menschen verwandelte. Als er in der Dämmerung in seiner menschlichen Gestalt dastand, verschlug es ihr den Atem. Er war schlank und muskulös, seine Schultern waren breit. Seine Haut schimmerte sogar in dem schwachen Licht. Einen Moment lang war sie verlegen, als sie erkannte, dass er völlig nackt war. Sie versuchte, ihn nicht anzustarren. Mit schnellen Schritten bewegte er sich dorthin, wo er seine Kleidung abgelegt hatte und zog sich schnell an.

Mit unsicherem Blick blieb er vor ihr stehen. Er griff nach ihren Händen. Die Luft war schnell kälter geworden, seit sie hier angekommen waren, und die Wärme der Sonne war verschwunden, als sie hinter den Bergen versunken war. Seine Hände waren warm und hielten ihre sanft. Sein Daumen rieb über ihren Handrücken.

„Ich hoffe, ich habe dich nicht erschreckt", sprach er mit leiser Stimme.

Chloe versuchte zu verstehen, was sie fühlte. Es war keine Angst. Eher ein ungeheures Gefühl für das, was das Universum bereithielt. Dane dabei zuzusehen, wie er sich in eine Katze verwandelte und wieder zurück, war so beeindruckend, unglaublich und zauberhaft zugleich, dass es ihr vorkam, als ob alle möglichen Türen in ihrem Kopf aus den Angeln gehoben worden wären. Schließlich sah sie zu ihm auf und blickte in seine blaugrauen Augen. „Du hast mich nicht erschreckt", antwortete sie leise.

In der Nähe heulte eine Eule. Aus den Bäumen kam ein Rascheln. Dane hielt ihren Blick fest. „Verstehst du jetzt, warum ich sichergehen musste, dass du weißt, wer ich bin?"

Chloe nickte ernsthaft.

„Ändert das etwas für dich?"

Diesmal schüttelte sie den Kopf. Das Mädchen,

das sie so lange gewesen war, das alles geplant und getan hatte, was sie glaubte, tun zu müssen, hätte keine Ahnung gehabt, was sie davon halten sollte, wer und was Dane war. Die Frau, zu der sie geworden war, nachdem die Wirklichkeit mit einem dumpfen Schlag in ihrem Leben gelandet war und sie über dreitausend Kilometer gewandert war, immer im Einklang mit der Natur – diese Frau hatte festgestellt, dass es so viel gab, was Menschen nicht wussten. Die Natur in all ihren Formen barg so viel an Magie. Die Erkenntnis, dass Dane ein Mann war, der auch ein Berglöwe war, war zwar umwerfend, änderte aber nichts an ihren Gefühlen, wenn sie in seiner Nähe war. Sie schüttelte den Kopf. Da strich ein scharfer Windhauch über ihre Haut und sie fröstelte.

Dane half ihr auf und gab ihr einen sanften Schubs. „Lass uns gehen. Dir wird langsam kalt."

So gingen sie Hand in Hand zu seinem Wagen und fuhren durch die einbrechende Dunkelheit zu seinem Haus. Doch als sie dort angekommen waren, nahm Chloe sein Zuhause kaum wahr. Sie hatte bloß einen kurzen Eindruck von warmem Holz. In ihrer Brust schlug ihr Herz wie sanfte Flügel.

KAPITEL SIEBEN

Dane hielt inne, um seine Schuhe abzustreifen, als er das Haus betrat, Chloes Hand in der seinen. Er knipste das Licht an und nahm sie sofort in die Arme. Dann lief er durch den Flur und die Treppe hinauf, die sich an der Wand des Eingangs entlangschlängelte. Seitdem er sich vor ihr gewandelt hatte und sie nicht ausgeflippt war, konnte er nur noch daran denken, endlich so mit ihr zusammen zu sein, wie er sich das wünschte. Nun, eigentlich dachte er nicht wirklich daran. Vielmehr wurde er von reinem Instinkt getrieben. Es hatte ihn jedes Quäntchen Selbstbeherrschung gekostet, letzte Nacht an dieser Stelle innezuhalten. Sein Gewissen hatte diesen dünnen Faden, an den er sich geklammert hatte, gesponnen – er konnte keinen Schritt weiter gehen, weil er wusste, was sie nicht wusste und dass das jede Aussicht auf eine Beziehung mit ihr zunichtemachen konnte. Aber heute Abend wusste sie, wer und was er war. Er spürte zwar, dass noch nicht alles geklärt war, aber er würde nicht länger warten, wenn sie nicht darauf bestand.

Und Chloe zeigte dafür keinerlei Anzeichen. Schon

auf der Heimfahrt hatte ihre Hand warm in seiner gelegen. Auch jetzt stockte ihr der Atem, als er sie hochhob. Während er sie eng an seine Brust drückte, blickte er an sich herunter und seine Augen trafen auf die ihren. Die Luft um sie herum knisterte förmlich. Er atmete heftig ein. Sobald er die oberste Treppe hinter sich gelassen hatte, zwang er sich, weiterzugehen und lief mit langen Schritten den Flur entlang. Ihr Herz pochte gegen seine Brust und gleichzeitig raste auch sein eigener Puls in die Höhe. Dann bog er um die Ecke in sein Schlafzimmer. Mit drei Schritten erreichte er sein Bett, ein mächtiges Himmelbett aus Mahagoni, das von Generation zu Generation in seiner Familie weitergegeben worden war.

Er setzte Chloe vorsichtig ab und knipste eine einzelne Lampe neben dem Bett an. Als er sich umdrehte, bemerkte er, wie sie sich neugierig im Zimmer umsah. Sein Schlafzimmer war sehr geräumig. Er hatte das Haus seiner Eltern geerbt, das sich seit dem Tag, an dem es Anfang des neunzehnten Jahrhunderts erbaut worden war, im Besitz seiner Familie befunden hatte. Es war ein Bauernhaus im Kolonialstil, das für damalige Verhältnisse durchschnittlich war, aber für die heutige Zeit ziemlich großzügig. In seinem Schlafzimmer war genug Platz für sein Bett, eine Sitzecke mit Sofas und Büchern und ein Ankleidezimmer mit einem geräumigen Badezimmer. Abgesehen vom Bett hatte er den gesamten Raum mit modernen, bequemen Möbeln ausgestattet.

Sein Blick fiel auf Chloe, deren Haare im Lampenlicht funkelten, deren grüne Augen leuchteten und deren Haut so honigfarben war wie ihr Haar, und Dane musste die Augen schließen und durchatmen, um nicht zuzulassen, dass seine katzenhaften Triebe die Kontrolle über ihn gewannen und er sie zu heftig eroberte. Diese Zeit würde kommen, aber nicht heute Abend. Nach ein paar tiefen Atemzügen öffnete er seine Augen wieder. Er kniete sich vor sie und löste den Stützverband und den praktischen Laufschuh an ihrem anderen Fuß, wobei er darauf achtete, ihren verstauchten Knöchel nicht zu beeinträchtigen. Dann strich er mit seinen Handflächen über ihre Oberschenkel. Ihr Atem ging stoßweise und als Antwort pochte seine Erregung.

Er neigte seinen Kopf und sah ihr in die Augen. „Ist das in Ordnung?" Seine Worte hallten durch den ruhigen Raum.

Ihr Puls war deutlich an ihrem Hals zu sehen, als sie nickte. „Mehr als in Ordnung."

Schnell stand er auf und streifte seine Kleidung ab. Er hatte nicht vor, es zu überstürzen, sobald sie Haut an Haut dalagen, aber er konnte es einfach nicht länger abwarten. Sie sah ihm unverwandt in die Augen, als er vor ihr stand und seine Erregung unverhohlen zum Ausdruck brachte. Dann beugte er sich vor, seine Hände auf beiden Seiten ihrer Hüften, und hielt mit seinen Lippen nur einen Hauch von ihr entfernt inne. Er wollte etwas sagen, aber bevor er das tun konnte, legte sie ihre Hand um seinen Nacken und zog seinen Mund auf den ihren. Chloes Zusammenspiel von Schüchternheit und Verwegenheit war berauschend.

Ihre Zunge strich über seine Lippen, und ihr Mund öffnete sich, woraufhin ihr Kuss explodierte. Dane konnte kaum das Gleichgewicht halten und rutschte auf die Knie zwischen ihren Beinen. Er umfasste ihr Gesicht mit seinen Händen und tauchte tief in ihren Mund ein. Ihre Hände wanderten über seinen Oberkörper und ihre sanfte Berührung ließ die Funken sprühen. Er fuhr mit seinen Lippen ihren Hals hinunter und hielt inne, als er den Kragen ihres weichen T-Shirts erreichte, das ihre üppigen Brüste umschloss. Er schob eine Hand darunter und zog ihr Shirt hoch. Mit einer schnellen Bewegung lehnte sie sich zurück und zerrte es über ihren Kopf. Bevor er wieder zu Atem kommen konnte, hatte sie schon ihren BH aufgemacht und ihn beiseite geworfen.

Der Anblick ihrer nackten Brüste raubte ihm den Atem. Sein Herz raste vor Verlangen und die Lust schoss durch seinen Körper. Im Nu schubste sie ihn zurück und stand auf. Da griff er unwillkürlich nach ihren Hüften, um sie zu stützen.

„Vorsicht mit deinem Knöchel", erwiderte er, seine Stimme war heiser vor Verlangen.

Ihre Lippen verzogen sich zu einem sanften Lächeln. „Ich weiß doch, dass du auf mich aufpasst. Ich möchte nur aus meinen Jeans raus. Ich nehme an, das würde dir auch gefallen."

Ihr schelmisches Lächeln heizte sein Verlangen nur noch mehr an. So zog er seine Hände zurück, damit sie ihre Jeans über die Hüften schieben und aus ihr herausschlüpfen konnte. Und dann stand sie in einem knallroten Baumwollhöschen vor ihm. Ihre Brüste waren nur noch Zentimeter von ihm entfernt und er hielt sich keine Sekunde zurück, sondern beugte sich vor und liebkoste erst die eine und dann die andere Brustwarze, wobei er ihre Nippel zwischen Daumen und Zeigefinger drehte und das schwere Gewicht ihrer Brüste in seinen Handflächen genoss. Mit einer entschlossenen Bewegung seiner Handfläche, die über ihren Bauch glitt, schob er sie wieder nach hinten. Sie lehnte sich seufzend zurück und stöhnte leise auf, als er mit einer Hand ihren Schamhügel berührte und die feuchte Hitze ihres Verlangens durch die Baumwolle drang.

Er musste hart dagegen ankämpfen, ihr nicht das

Höschen vom Leib zu reißen und in sie einzutauchen. Sein Schwanz war so hart, dass ihm das fast schon wehtat. Aber mehr noch ... er wollte sie diese Erfahrung spüren lassen und genoss die Vorfreude darauf, zu wissen, wie viel besser alles laufen würde, wenn er es nicht überstürzte. Mit seinem Daumen strich er durch die Baumwolle hindurch über ihre Perle. Ihre Hüften bewegten sich unruhig und sie keuchte. Langsam küsste er die Innenseite ihres Oberschenkels und schob einen Finger unter den Rand ihres Höschens. Ihre Schamlippen waren durchtränkt von Verlangen. Plötzlich keuchte sie auf.

„Dane ...“

„Hmm?“

„Lass mich *nicht warten* ...“

Mit einem Lächeln auf den Lippen fuhr er mit einem Finger an den Saum ihres Höschens und zog es schnell herunter.

„Nur *eine Minute* ...“

Der Kater in ihm bäumte sich auf und wölbte sich, der Urtrieb, in sie einzudringen, war so stark, dass er die Zähne zusammenbeißen musste. Schließlich drückte er seinen Mund gegen sie und ihre Hüften bäumten sich in dem Augenblick auf, als er mit seiner Zunge an ihrer empfindlichsten Stelle auf und ab glitt und über den Nabel ihrer Lust fuhr. Ihr würziger Geruch war wie eine Droge. Er legte eine Handfläche auf die weiche Wölbung ihres Bauches, während er mit der anderen Hand ihre Mitte neckte und sich dem langen, langsamen Geschmack hingab.

Chloe wand sich wie wild gegen seinen Mund und seine Hand, ihre Schreie hallten in ihm wider. Jegliches Zeitgefühl verflog, während er ihr dabei zusah, wie sie regelrecht zerfiel. Als sich ihr Lustkanal zusammenzog und sie seinen Namen schrie, holte er ein

Kondom aus seiner Jeans auf dem Boden und streifte es über, bevor er sich über sie beugte, und sie erschauderte. Mit einer schnellen Bewegung hob er beide Hände über ihren Kopf und hielt sie mit einer Hand fest, um endlich seinem Bedürfnis nach Kontrolle nachzugeben. Er hielt inne und sagte ihren Namen. Dabei flogen ihre moosgrünen Augen auf. Er umfasste ihre Wange mit seiner freien Hand und hielt ihren Blick fest. Ihr nackter Körper fühlte sich so gut an seinem an, dass er ganz überwältigt war. Dann leckte sie sich über die Lippen und bewegte sich unter ihm.

„*Jetzt ...*", meinte sie.

Und damit drang er in sie ein, ihr feuchter Kanal schmiegte sich fest an ihn. Ihre Augen weiteten sich, und ihr Atem kam in rasenden Stößen. Sie bewegte ihre Hüften, öffnete ihre Schenkel weiter und wölbte sich gegen ihn. Da brachen auch seine letzten Dämme und er zog sich zurück, um tiefer in sie zu stoßen. Er verlor sich in seinem Rhythmus. Drückte sie gegen das Bett, während er dem Sturm in seinem Inneren nachgab und sich immer tiefer in sie schob. Plötzlich keuchte sie seinen Namen und er spürte, wie sich ihr Höhepunkt um ihn herum ausbreitete. Sein eigener brach wie eine Welle über ihn herein.

———

Dane knurrte ihren Namen, wölbte sich zurück und stieß tief in sie ein. Chloe wurde von einem Orgasmus überschwemmt, der sie regelrecht mitriss. Das Gefühl, ihn in sich zu spüren, übertraf alles, was sie sich hätte vorstellen können. Als er sich schließlich in ihr versenkte, war der Drang, ihn in sich zu haben, so stark, dass sie fast den Verstand verlor. Seine Fülle besetzte eine Leere in ihrem Körper und ihrer Seele, von der sie gar nicht gewusst hatte, dass sie überhaupt dagewesen war. Er ließ sich gegen sie sinken, seine Hand entspannte sich an ihren Handgelenken. Dann verlagerte er sein Gewicht auf die Seite und blieb ganz ruhig liegen. Sein Atem streifte über ihre Schulter. Er ließ eine Hand über ihre Wange gleiten, fuhr leicht über ihr Schlüsselbein, kreiste sanft um ihre Brust und kam auf der Wölbung ihres Bauches zum Liegen.

Sie lag regungslos da und versuchte, zu Atem zu kommen und nachzudenken. Ihr ganzes Leben lang war sie davon ausgegangen, dass sie sich einfach nicht genug entspannen konnte, um einen Orgasmus zu erleben. Doch allein Danes Anwesenheit hatte ihn so leicht herbeigeführt, dass sie ihn beim besten Willen nicht hätte aufhalten können. Das Gefühl war so unglaublich lustvoll. Sie dachte an den heutigen Abend zurück, als er sie fast um den Verstand gebracht hatte. Obwohl sie es mit eigenen Augen gesehen hatte, konnte sie immer noch nicht ganz begreifen, was er eigentlich war. Und obwohl ein Teil von ihr nicht sicher war, was sie denken sollte, wenn sie auf ihr Herz, ihren Körper und ihre Seele hörte und nicht auf ihren kontrollsüchtigen Verstand, vertraute sie ihm mehr, als sie jemals irgendjemandem vertraut hatte.

Sie drehte ihren Kopf zur Seite und sah seine blaugrauen Augen im sanften Schein der einzelnen Lampe auf die ihren gerichtet. Er hielt ihren Blick fest, beugte sich vor und gab ihr einen innigen Kuss, bevor er sich wegdrehte. Danach stand er auf und durchquerte sein geräumiges Schlafzimmer bis zu einer Tür, von der sie annahm, dass sie zum Badezimmer führte. Sie hörte, wie Wasser lief, und dann kam er zurück und schritt auf sie zu. Sein Anblick raubte ihr den Atem. Er hatte schlanke, sehnige Muskeln und goldgelbe Haut. Als er die Seite des Bettes erreichte, schob er einen Arm unter ihre Hüften und hob sie leicht an.

„Wo gehen wir hin?", fragte sie, als er begann, sie durch den Raum zu tragen.

„Duschen."

Obwohl sie es liebte, in seinen Armen gehalten zu werden, versuchte sie, zu widersprechen. „Ich kann doch laufen ..."

Da blickte er mit seinen intensiven, blaugrauen Augen auf sie herab. „Dein Knöchel ist noch nicht so weit. Außerdem ..." Er hielt mit einem verschmitzten Grinsen inne. „Gibt mir das einen weiteren Grund, dich zu berühren."

Seine Worte jagten ihr einen Schauer über den Rücken und ließen ihr ganz warm ums Herz werden. Dane trat durch die Tür in einen großen Umkleideraum mit Schränken an den Wänden. Ein paar Schritte weiter betraten sie das Bad, das ebenfalls ziemlich geräumig war. Chloes Eindruck von dem Haus war so kurz gewesen, als sie es betreten hatten, dass sie erst jetzt begriff, dass es sich um ein altes Bauernhaus mit glänzenden Hartholzböden in den meisten Zimmern und aufwändigen Fliesen im Bad handelte. Wie in vielen älteren Häusern waren die Räume viel größer als in modernen Häusern. Das Badezimmer war offensichtlich auf den neuesten Stand gebracht worden, mit einer Badewanne in einer Ecke und einer Dusche mit sanften blauen Glasfliesen. Er setzte sie direkt vor der Dusche ab. Dampf stieg auf, als er die Glastür öffnete und ihr zu verstehen gab, dass sie eintreten sollte. Beim Eintreten hielt er eine Hand fest auf ihrem Ellbogen.

Sie musste sich immer noch an das heiße Wasser gewöhnen, nachdem sie so viele Monate lang gewandert war und unterwegs in kalten Flüssen, Bächen und

Seen gebadet hatte. Als das Wasser über ihre Haut strömte, seufzte sie. Nebel hüllte sie ein. Dane bewegte sich geschickt, seifte sich schnell ein und wandte sich dann ihr zu. Obwohl seine Bewegungen schnell waren, war jede Berührung eine Liebkosung. Chloe merkte erst, wie müde sie war, als er sie wieder hochhob und zurück zu seinem Bett trug. Kühle Laken fielen auf ihre Haut, gefolgt von einer Daunendecke und der Wärme von Danes Körper, der sich an sie schmiegte.

KAPITEL ACHT

Ein paar Tage später stieß Dane mit seiner Schulter gegen die Schwingtür, die zum Pausenraum führte. Er hatte einen anstrengenden Vormittag in seiner Praxis hinter sich: Ohrenentzündungen, ein gebrochener Arm und ein kleiner Junge, dessen Neugierde ihm zum Verhängnis wurde, als er im Wald einem Stachelschwein begegnet war. Das Stachelschwein, ein Tier, das Auseinandersetzungen eher aus dem Weg ging, war davongehuscht, aber der kleine Junge war ihm gefolgt. Er war zwar nur mit ein paar Stacheln im Arm davongekommen, aber er hatte so laut gejammert, dass seine Mutter einen Riesenschreck bekommen hatte. Dane goss sich eine Tasse Kaffee ein und machte sich auf den Weg in sein Büro. Nachdem er sich durch den Papierkram gewühlt hatte, um die Krankenakten im EDV-System auf den neuesten Stand zu bringen, vibrierte sein Handy. Als er die Nummer von Chloe sah, ging er sofort ran.

„Hallo", begrüßte er sie.

„Wann wollten wir uns zum Abendessen im Trailhead treffen?"

Dane warf einen Blick auf seine Uhr und musste schmunzeln, denn er konnte nicht anders, als zu lächeln, wenn er Chloes Stimme hörte. „Um sechs."

„In Ordnung. Wir treffen uns dort."

„Ich hole dich ab", widersprach er. „Deinem Knöchel geht es schon viel besser, aber du tust dir keinen Gefallen damit, noch so viel zu laufen."

Ihr verstauchter Knöchel war schon fast geheilt, aber das war nicht auf ihr Verhalten zurückzuführen. Er hatte schnell herausgefunden, dass Chloe die meisten seiner Empfehlungen schlichtweg nicht beachtete, wenn sie auf sich allein gestellt war, nämlich, dass sie gerne in der Stadt herumlief. Aber er wollte sich nicht darüber streiten, denn schließlich hatte sie auch zugestimmt, bei ihm statt im Gasthof zu übernachten. In ihrer Gegenwart wusste Dane ohne jeden Zweifel, dass sie für ihn bestimmt war. Aber wenn sie nicht hautnah beieinander waren, konnte er förmlich sehen, wie sich in ihrem Kopf die Rädchen drehten. Obwohl sie behauptete, nichts vorgehabt zu haben, nachdem sie die Wanderung beendet hatte, war er sich ziemlich sicher, dass sie nicht im Traum damit gerechnet hatte, einen Berglöwenshifter zu treffen, der behaupten würde, dass sie füreinander bestimmt waren.

„Dane, du musst aufhören, mich überallhin zu kutschieren. Wie wäre es, wenn ich mir ein Auto miete?"

„Ich besorge dir eins, das du ausleihen kannst. Was hältst du davon?"

Chloe lachte. „Gut. Ich schätze, es hat keinen Sinn, darüber zu diskutieren, ob es in Ordnung ist, wenn ich zu Fuß zum Essen komme", meinte sie frech.

„Ich weiß, dass du es leid bist, deinen Knöchel zu schonen, aber ich möchte nicht, dass sich die Verstauchung verschlimmert. Wenn es dir nichts ausmacht, dass ich dich abhole ..."

„Das macht mir überhaupt nichts aus, aber danach miete ich mir morgen ein Auto, oder wir finden eins, das ich mir ausleihen kann."

Kurz darauf legte Dane auf und fragte sich, ob es noch zu früh war, Chloe zu bitten, eine dauerhafte Beziehung mit ihm in Betracht zu ziehen. Die letzten Tage waren eine Seifenblase flirrender Leidenschaft gewesen, die sein Verlangen nach ihr nur noch größer werden ließ. Er versuchte, einen Ausgleich zu finden zwischen dem Bedürfnis, ihr Freiraum zu gewähren, und seinem eigenen Bedürfnis, festzustellen, ob sie dasselbe fühlte wie er. Allein der Gedanke, dass sie nur zu Besuch war und dann Catamount verlassen würde, bereitete ihm Bauchschmerzen. Er wünschte sich nichts sehnlicher, als sich in dieser Situation nicht auch noch mit den Nachwirkungen von Callens Tod auseinandersetzen zu müssen. Es belastete ihn, dass er nicht offen über seine Sorgen sprechen konnte. Er befürchtete, dass sie spürte, dass er etwas zurückhielt und missverstand, was es damit auf sich hatte.

Da vibrierte sein Handy erneut. Diesmal blinkte Jakes Nummer auf dem Display auf. „Was gibt's?", antwortete er knapp.

„Hast du eine Minute Zeit?", fragte Jake.

„Ich schließe hier gerade ab. Soll ich vorbeikommen?"

„Das wäre toll. Ich bin noch eine halbe Stunde in meinem Büro. Schaffst du es bis dahin?"

Dane schaltete seinen Computer aus und stand auf. „Schon unterwegs."

Wenige Minuten später lehnte er sich gegen Jakes Schreibtisch. Jakes Büro war nur ein paar Blocks von seinem entfernt. Jake hatte mehrere Computerbildschirme über seinen Schreibtisch verteilt. Im Raum hing das Surren seines Computerservers. Jake behauptete, er bräuchte ein eigenes Büro, und könnte nicht von zu Hause aus arbeiten, sonst würde er nie eine Pause machen. Dane hatte in seinem Büro schon zu jeder Tages- und Nachtzeit das Licht brennen sehen, also konnte er sich vorstellen, dass das noch viel schlimmer wäre, wenn Jake nicht für eine Trennung zwischen Zuhause und seiner Arbeit sorgen würde.

„Und?", fragte Dane.

Jake wirbelte in seinem Stuhl herum, sein Blick war ernst. „Das wird dir nicht gefallen", erklärte er ohne Umschweife.

Dane wurde ganz mulmig zumute. „Bitte versichere mir bloß, dass Callen nicht unsere Sicherheit aufs Spiel gesetzt hat, indem er der Regierung versehentlich verraten hat, wer wir sind."

„Das kann ich nicht sagen, aber ich kann auch nicht das Gegenteil behaupten. Ich weiß nicht einmal, was ich mit dem, was ich gefunden habe, überhaupt anstellen soll. Ich kann nur so viel dazu sagen: Das Ganze muss unter uns bleiben, bis wir eine bessere Vorstellung davon haben, was hier eigentlich vor sich gegangen ist."

Danes Magen zog sich vor Sorge zusammen. Wenn Jake der Meinung war, dass sie das geheim halten mussten, konnte das nur eine schlechte Nachricht sein. Er beäugte Jake genau. „Du weißt doch, dass ich nichts verrate. Was zum Teufel hast du gefunden?"

Jake holte tief Luft und stützte sich mit den Ellbogen auf den Schreibtisch. „Ich habe mich in die E-Mails von Hayden Thorne, dem Mitarbeiter von Fish and Wildlife, gehackt und noch einiges aus Callens Dateien zutage gefördert. Und soweit ich das beurteilen kann, ist er nichts weiter als eine falsche

Fährte. Möglicherweise könnte er uns helfen, aber ich glaube nicht, dass er das eigentliche Problem ist. Callen hat mit einem Typen in Montana zusammengearbeitet, um ..." Jake hielt inne und schüttelte den Kopf. „Ich weiß nicht, wie ich das am besten beschreiben soll. Ich vermute, Callen hat versucht, unsere Dienste für teures Geld zu verkaufen."

„Was zum Teufel soll das heißen?"

Jake fuhr sich mit einer Hand durch die Haare. Seine Augen waren glasig, seine Kleidung zerknittert und seine Haare sahen total verwuschelt aus. „Callen hatte mehrere E-Mail-Konten unter verschiedenen Pseudonymen. Das augenscheinlichste Konto, das wir uns zuerst angesehen haben, war das einzige, über das er mit Hayden in Kontakt getreten ist. Es macht den Anschein, als hätte er versucht, ihm Informationen zu entlocken. Es würde mich nicht überraschen festzustellen, dass Hayden selbst ein Shifter ist. Aber das ist ein ganz anderes Thema. Jedenfalls hat er über andere Konten mit einem Typen verhandelt − keine Ahnung, wer dieser Typ ist, er hat nie einen Namen genannt − und der Deal war, dass Callen diesem Typen Shifter zum Drogenschmuggeln angeboten hat. Für sehr viel Geld."

Danes Magen war schwer wie Blei. „Das kann doch nicht dein Ernst sein. Das muss ein Irrtum sein."

Jake schüttelte langsam den Kopf. „Glaub mir, das habe ich auch schon gedacht. Ich war fast Tag und Nacht auf und habe mich durch diese E-Mail-Konten gewühlt. Als ich die Pseudokonten ausfindig gemacht hatte, wäre ich fast durchgedreht. Ich wollte so lange nichts sagen, bis ich sicher war, dass ich alles zu Callen zurückverfolgen konnte. Er hat seine Spuren zwar geschickt verwischt, aber er war nicht schlau genug, um zu wissen, wie er die Adresse seines Internetanbieters vollständig verschleiern konnte. Ich kann dir das alles zeigen. Zur Sicherheit habe ich alles auf einem eigenen USB-Stick abgespeichert und in der Cloud und auf zwei separaten Festplatten gesichert."

Dane versuchte zu begreifen, was Jake da gesagt hatte, aber er war fassungslos. Er und Callen hatten einander zwar nicht sonderlich nahegestanden, aber er hatte ihm vertraut. Der Gedanke, dass Callen versucht hat, mit ihrem Shifterclan Geld zu machen, raubte ihm den Atem. Und es brach ihm das Herz. Wenn Shana davon erfahren würde, wäre sie völlig am Boden zerstört. Es würde die Liebe, die sie für Callen empfunden hatte, in ihren Grundfesten erschüttern. Und dann war da noch die Frage, wie viel Risiko Callen ihnen allen aufgebürdet hatte. Dass es Shifter gibt, war streng geheim. Nur so konnten sie überleben. Dass Callen sie der schäbigen und gefährlichen Welt des Drogenschmuggels ausgesetzt hatte, war verheerend und erschreckend.

Dane sah auf und begegnete Jakes Blick aus tiefblauen, todernsten Augen. „Du bist also ziemlich überzeugt von dieser Sache?"

Jake nickte langsam. „So sicher, wie ich nur sein kann, ohne ihn auf frischer Tat beim Versenden dieser E-Mails ertappt zu haben. Die digitalen Fingerabdrücke sind erdrückend. Die einzige andere Möglichkeit wäre eine andere Person mit derselben IP-Adresse. Aber da habe ich meine Hausaufgaben schon gemacht. Das hieß, dass ich Shana ausschließen musste, also habe ich ihren Dienstplan mit den Zeiten verglichen, zu denen die E-Mails verschickt worden waren. Jede einzelne E-Mail ist während einer ihrer Schichten verschickt worden. Wenn die Arbeit im Krankenhaus einen Vorteil hat, dann ist es, dass es online Mitarbeiterprotokolle gibt. Alles wird nachverfolgt, auch wenn sich jemand krankmeldet. Sie war immer dann im Dienst, wenn Callen online beschäftigt war. Ich habe sogar die Patientenakten überprüft, um sicherzugehen, dass sie während dieser Zeit Patienten betreut hat. Aber so sehr es mir bei Callen auch den Magen umdreht, ich kann ihn schon verstehen. Er hat immer nach Möglichkeiten gesucht, aus den Fähigkeiten der Shifter Kapital zu schlagen. Erinnerst du dich an den Quatsch, den er in der Highschool darüber erzählt hat? Nach dem College hat er damit aufgehört, aber ich glaube eher, dass er gemerkt hat, dass wir ihn sonst vielleicht zu streng unter die Lupe nehmen würden."

Dane schüttelte heftig den Kopf. „Verdammt. Ich weiß einfach nicht, was ich von der ganzen Sache halten soll. Ich bin froh, dass du Shana ausschließen konntest. So müssen wir sie nicht einmal danach fragen."

Dane hielt inne und betrachtete Jake über den Schreibtisch hinweg. Jakes Augen blickten unentwegt zurück, getrübt, traurig und verärgert.

„Das ist echt beschissen", stellte Dane leise fest.

„Wem sagst du das. Eine ganze Stadt trauert um Callen, obwohl sie keine Ahnung hat, was er hinter unserem Rücken getrieben hat."

„Hast du eigentlich eine Ahnung, wo Callen gewesen ist? War er tatsächlich in Montana? Oder war das auch bloß ein Vorwand?"

„Er war schon dort. Aber die digitale Fährte, mit wem er sich dort getroffen hat und was er dort gemacht hat, ist unklar. Ich kenne nur die Orte, an denen er sich mit Leuten getroffen hat, aber das hilft uns auch nicht weiter. Ich weiß, dass er jemandem ein „Paket" liefern sollte. Er hat angeboten, vorzuführen, welchen Nutzen wir stiften könnten. Ich meine, wer würde schon auf die Idee kommen, dass ein Berglöwe Drogen schmuggelt? Die Route sollte über die Grenze nach Kanada führen. Offensichtlich muss aber irgendwas schiefgelaufen sein, da er sich auf den Weg nach Osten gemacht hat, nur um dann in Connecticut von einem Auto angefahren zu werden. Möglicherweise war sein Ziel auch von Anfang an Connecticut. Dort gibt es mit Sicherheit einen Markt für Drogen, aber es ist auch verdammt viel los. Ganz zu schweigen davon, dass Berglöwen im Osten seit fast einem Jahrhundert nicht mehr gesehen worden sind, wenn man die Mythen über uns außer Acht lässt. Wäre er nicht von einem Auto angefahren worden, hätte das Auftauchen eines Berglöwen in der Nähe von Connecticut jede Menge Aufmerksamkeit erregt, und genau das ist passiert."

Dane hatte immer noch Mühe, das, was Jake ihm da erzählt hatte, zu verdauen, aber es drang genug zu ihm durch, um in ihm eine kalte Wut zu entfachen. Dann begegnete er Jakes müdem Blick. „Ich hatte schon ganz vergessen, wie oft Callen sich darüber aufgeregt hat, dass wir gar nicht wüssten, wie wir unsere Kräfte einsetzen sollten. Ich habe es darauf geschoben, dass er jung und arrogant war. Sein Dad war auch ziemlich unausstehlich, also habe ich mir nicht viel dabei gedacht." Er hielt inne und seufzte. „Was zum Teufel sollen wir jetzt tun?"

Jake schüttelte langsam den Kopf. „Wenn ich das bloß wüsste. Lass mich erstmal weitergraben und abwarten, was ich noch finde. Wir müssen das unbedingt für uns behalten. Ich würde ja gerne mit Hayden Thorne Kontakt aufnehmen. Er schien ganz in Ordnung zu sein. Ich hatte das Gefühl, dass ihn Callens Fragen beschäftigt haben. Möglicherweise kennt er ja die Leute, die Shifter für ihre Schmuggelaktionen benutzen wollten. In der Zwischenzeit dürfen wir kein Wort darüber verlieren, nicht einmal zu Shana."

Dane nickte. „Das sehe ich ganz genauso. Wissen wir, ob Callen irgendjemandem unseren Standort verraten hat?"

„Nicht, dass ich wüsste. Aber es bräuchte nur jemanden wie mich auf der anderen Seite, um seine digitale Spur zu verfolgen. Wir dürfen nicht zu lange warten."

Dane stand auf. „Ich weiß. Gib mir Bescheid, wenn ich etwas tun kann. Und unterhalten wir uns morgen weiter. Ich habe Chloe versprochen, mich mit ihr zum Abendessen zu treffen, also muss ich jetzt los."

Jake kniff die Augen zusammen. „Hast du ihr schon etwas gesagt?"

„Ach ja. Ich habe dich ja die letzten paar Tage nicht gesehen. Weil du ihr geraten hast, mich nach dem Schattenfelsen zu fragen, habe ich mir zwar schnell was einfallen lassen müssen, aber schlussendlich ist alles gutgegangen. Ich sollte dir wirklich danken. Ich hätte die Sache wahrscheinlich immer wieder aufgeschoben, weil ich Angst davor gehabt hätte, dass sie weglaufen würde. Sie hat zwar immer noch jede Menge Fragen, aber ich schätze, das wird schon klappen. Jetzt muss ich sie nur noch davon überzeugen, in Catamount zu bleiben."

Jakes Augen weiteten sich. „Es ist dir wirklich ernst mit ihr?"

Dane nickte entschlossen. „Als ich sie das erste Mal gesehen habe, war mir sofort klar, dass sie die Richtige für mich ist. Ich treibe hier keine Spielchen. Ich wünschte mir bloß, dass die Sache mit Callen nicht passiert wäre. Ich fürchte, sie ahnt, dass irgendwas im Busch ist. Ich überlege mir, wie ich ihr das alles erklären kann, ohne zu sehr ins Detail zu gehen. Und jetzt, mit diesen neuen Erkenntnissen, haben wir noch mehr Grund zur Sorge."

Jake nickte langsam. „Das ist noch milde ausgedrückt. Ich rufe dich morgen an", erwiderte er, drehte seinen Stuhl zurück und wandte sich sofort wieder seinem Computer zu.

———

„Von wem sprichst du?", fragte Dane Chloe.

Sie waren beim Abendessen im Trailhead und Chloe erzählte ihm gerade von einem Mann, den sie heute bei Roxanne getroffen hatte. Dane spürte, wie sich seine Nackenhaare ohne ersichtlichen Grund aufstellten. Außerdem wurde ihm ganz mulmig zumute, als Chloe diesen Mann erwähnte.

Sie hatte gerade einen Bissen zu sich genommen und hielt einen Finger hoch, während sie kaute. Nach einem kurzen Schluck Wasser blickte sie auf und ihre moosgrünen Augen lenkten ihn vorübergehend ab. Die hätte er den ganzen Tag ansehen können, ohne sich daran sattzusehen. Sie war so verdammt schön und war sich gar nicht bewusst, wie sinnlich sie eigentlich war. Nun strich sie sich eine Haarsträhne hinters Ohr. „Ich habe gedacht, er wäre auch aus Catamount. Er hat sich als Seth vorgestellt. Ehrlich gesagt, habe ich angenommen, dass er ein Shifter ist. Jetzt, wo ich weiß, dass es Shifter wirklich gibt, bin ich aufmerksamer geworden. Du, Shana und Jake habt zum Beispiel Augen, die an den Ecken nach oben zeigen. Und du bewegst dich wie eine Katze."

Dane verschluckte sich an seinem Wasser. „Ich bewege mich nicht wie eine Katze, wenn ich nicht in Löwengestalt bin."

Chloe runzelte die Nase und schüttelte den Kopf. „Doch, das tust du. Aber zurück zu diesem Kerl. Er hat mich gefragt, wie ich dich kennengelernt habe und so. Ich habe angenommen, dass er dich kennt. Das wäre ja nicht so abwegig. Schließlich stellt mir die halbe Stadt neugierige Fragen über dich. Alle sind total besorgt und so. Als ob ich eine Gefahr für dich darstellen würde", beschwerte sie sich. „Dabei bin ich nicht diejenige, die sich in einen Berglöwen verwandeln kann. Ich bin bloß ein normaler Mensch mit einem lädierten Knöchel."

Dane musste über ihre Bemerkung schmunzeln. Catamount war nicht zu klein, nicht mehr, aber die Einheimischen waren wachsam. Er wusste, dass die, die ihm nahestanden, sich nicht so große Sorgen um Chloe machten, wie sie dachte. Sie waren einfach so besorgt wie alle Shifter, dass Menschen erfahren könnten, dass es sie gab. Er erwartete nicht, dass sich die Wogen glätten würden, bis er und Chloe fest zusammen waren. Bis dahin würde man befürchten, dass sie sie vor Außenstehenden verraten würde. Seine Gedanken kreisten um den Mann, den Chloe erwähnt hatte. Er kannte niemanden namens Seth. Es bereitete ihm ernsthaft Sorgen, dass dieser Typ offensichtlich über ihn Bescheid wusste. Nach dem, was Jake über Callens Machenschaften herausgefunden hatte, waren Danes Instinkte in höchster Alarmbereitschaft.

Chloe legte den Kopf schief und sah ihn abschätzend an. „Warum siehst du so besorgt aus?"

Er betrachtete sie von der anderen Seite des Tisches aus – ihre offenen Augen, ihre Wärme, alles an ihr war so geradeheraus. In der Regel vertraute sie anderen. Und genau das gefiel ihm so an ihr. Nur wenn es um Liebesdinge ging, schien sie misstrauisch zu sein. Er musste sie unbedingt in alles einweihen. Nicht nur zu ihrem eigenen Schutz, sondern auch, weil er nichts vor ihr verbergen wollte. Er war fest entschlossen, ihr zu zeigen, dass sie ihm vertrauen konnte.

„Genauso wie es gute und schlechte Menschen gibt, gibt es auch gute und schlechte Shifter. Ich kenne niemanden, der Seth heißt. Wer auch immer dieser Typ ist, er hat versucht, den Anschein zu erwecken, dass er mich kennt, obwohl das nicht der Fall ist. Und das heißt normalerweise nichts Gutes." Er hielt inne, holte tief Luft und betrachtete sie eingehend. Ihr Blick war ernst, aber nicht ängstlich.

Sie ließ ihre Fingerspitze um den oberen Rand ihres Weinglases kreisen. „Bist du deswegen so besorgt?"

„Woher weißt du, dass ich besorgt bin?"

Chloes Schulter hob und senkte sich in einem leichten Achselzucken. „Ich weiß, wir kennen uns noch nicht so lange ..." Als sie innehielt, färbten sich ihre Wangen rosa. „Aber ich habe das Gefühl, dass ich dich schon viel länger kenne. Du verheimlichst mir etwas. Wenn du möchtest, dass ich uns eine Chance gebe, wie du sagst, ist es nicht gerade hilfreich, wenn du Dinge vor mir verheimlichst."

Dane betrachtete sie aufmerksam. „Ich möchte dir überhaupt nichts verheimlichen, also denk bitte nicht, dass es daran liegt. Lass mich versuchen, dir so viel wie möglich zu erklären. Du hast sicher gehört, dass die Leute wegen Callens Tod ziemlich mitgenommen sind." Als Chloe nickte, fuhr er fort. „Ich hatte noch nicht einmal die Gelegenheit, dir zu erklären, dass er ein Shifter war. Es stimmt, dass er bei einem Autounfall gestorben ist, aber er war der Berglöwe, der auf dem Highway in Connecticut ums Leben gekommen ist."

Chloes Hand flog zu ihrem Mund. „O mein Gott!

Das ist ja furchtbar! Was ist passiert? Warum war er dort?" Ihre Fragen sprudelten nur so aus ihr heraus, die gleichen Fragen, die schon so viele andere gestellt hatten.

Dane blieb die Luft weg, wenn er an Callens Tod dachte und an das, was er mittlerweile wusste. „Keine Ahnung, warum er dort war. Keiner von uns weiß das. Das hat mich und viele andere Leute verunsichert. Jake hat mir geholfen, einige von Callens Computerdateien zu untersuchen. Ich kann im Augenblick nicht auf Einzelheiten eingehen, aber ich kann dir sagen, dass ich mir jetzt noch mehr Gedanken darüber mache, wie und warum Callen gestorben ist und was das für uns hier bedeuten könnte. Wir sind nicht die einzigen Berglöwenshifter im Land. Es gibt noch andere. Callen hat versucht, sie zu finden und Kontakt mit ihnen aufzunehmen. Wir machen uns Sorgen, dass er vielleicht mit den falschen Leuten verkehrt hat. Deshalb beunruhigt mich auch dieser Seth, der sich an dich rangemacht hat und so tut, als würde er mich kennen. Ich würde dir gerne mehr sagen, aber ehrlich gesagt weiß ich auch nicht viel mehr."

Chloe ließ ihren Finger wieder um das Weinglas kreisen, ihr Blick war nachdenklich. „Wow. Ich hatte ja keine Ahnung, dass das der Grund dafür ist, dass alle so bestürzt über Callen sind. Ich habe angenommen, dass er den Leuten viel bedeutet hat und sie um ihn trauern. Ganz schön beängstigend zu wissen, dass etwas ganz anderes dahintersteckt. Wissen eigentlich viele davon?"

Dane schüttelte den Kopf. „Alle wissen, dass er auf der Suche nach anderen Shiftern gewesen ist und sind ziemlich verunsichert darüber, wie er gestorben ist und dass man diesen Peilsender an ihm gefunden hat. Jake und ich arbeiten daran und brauchen noch etwas

Zeit. Daher kann ich dir auch noch nicht alle Einzelheiten verraten. Ich wollte dich nur auf den neuesten Stand bringen. Du sollst durch all das ja nicht in Gefahr geraten."

Chloe nickte langsam. „Verstehe. Danke, dass du mir das alles mitgeteilt hast. Du musst mir nicht unbedingt jede Kleinigkeit erzählen, aber es hilft mir sehr, wenn ich eine ungefähre Vorstellung habe. Andernfalls ... nun ja, ich hatte schon alle möglichen Ideen im Kopf, aber die meisten davon haben mit der Sache überhaupt nichts zu tun." Sie zuckte wieder mit den Schultern, während der Schmerz in ihren Augen aufblitzte. „Du bist nicht wie Tom, aber was er getan hat, lässt mich daran zweifeln, dass mich überhaupt irgendjemand will. Wenn ich mit dir zusammen bin, verschwende ich keinen Gedanken an solche Dinge. Aber wenn ich nicht bei dir bin, schweifen meine Gedanken immer wieder ab.

„Chloe, das kann ich gut verstehen, weil Tom das getan hat, aber der war doch wirklich ein Vollidiot. Du bist einfach hinreißend. Ich will nur dich. Nur, um dich nicht zu verschrecken, halte ich mich zurück", erklärte Dane ganz offen.

KAPITEL NEUN

Chloe betrat Danes Haus, seine Hand lag warm auf ihrem Rücken. Sie dachte darüber nach, was er beim Abendessen gesagt hatte und fragte sich, ob sie wohl den Mut hatte, den Schritt zu wagen, den er sich so sehr von ihr wünschte. Schon als sie ihm das erste Mal in der dunklen Höhle begegnet war, hatte sie es gefühlt – eine magnetische Anziehungskraft. Dahinter steckte ein Gefühl, das sie nicht abschütteln konnte – sie war dazu bestimmt gewesen, ihn zu finden. Wenn sie ihren Verstand bezwang, wusste ihr Herz, dass sie das, was sie fühlte, wahrscheinlich nie mit irgendjemand anderem empfinden würde. Sie hatte zwar immer angenommen, dass sie Tom geliebt hatte, aber wenn sie ihre Gefühle für ihn jetzt genauer betrachtete, waren sie nur ein Schatten, eine dürftige Nachahmung dessen, was sie für Dane empfand. Ihre Verbindung war jenseits des Verstandes angesiedelt. Und diese tiefe Verbundenheit hatte ihr auch die Angst genommen, als er ihr erklärt und gezeigt hatte, wer er war.

Dane schloss die Tür hinter ihnen und das

Geräusch hallte in der gefliesten Eingangshalle wider. Sie blickte auf und sah sich um. Das Haus hatte einen eleganten Eingangsbereich mit einer Treppe, die sich an einer geschwungenen Wand ins Obergeschoss hinaufzog. Er hatte ihr berichtet, dass er das Haus von seinen Eltern geerbt hatte, nachdem sie beide gestorben waren. Das Haus war von seinen Urgroßeltern erbaut worden und war ein weitläufiges, elegantes Haus im Kolonialstil. Es war mit modernen Geräten ausgestattet und mit einer Mischung aus antiken Erbstücken und modernen Möbeln eingerichtet. Chloe spürte, dass Dane das Haus wegen seiner Annehmlichkeiten liebte, aber es fühlte sich auch einsam an, als ob mehr als seine Anwesenheit nötig gewesen wäre, um es mit Leben zu füllen.

Neulich hatte sie ihre Mutter angerufen, um ihr mitzuteilen, dass ihr Knöchel weitgehend verheilt war und sie erwog, in Catamount zu bleiben. Sie hatte Dane noch nicht verraten, wie ernst es ihr mit diesem Gedanken war. Im Kopf war sie diesen Gedanken immer wieder durchgegangen. Ihre Mutter hatte sie, wie immer, nur unterstützt. Sie war zwar verwundert gewesen, als Chloe überraschend ihren Job gekündigt und mit der Planung ihrer Wanderung begonnen hatte, aber die Offenheit ihrer Mutter hatte sie dann doch überrascht. Sie schien erleichtert gewesen zu sein, dass Chloe an einem Ort angekommen war, bevor der Winter einbrach.

Als Chloe sich umwandte, fiel ihr auf, dass Dane sie aufmerksam beobachtete. Der Eingang lag im Schatten, und an der Treppe brannte nur ein Licht. Sein Blick begegnete ihrem, und ihr Herz machte einen Sprung, als sie das blanke *Verlangen* in seinen blaugrauen Augen sah. Nachdem sie nach den Ereignissen mit Tom so sehr an sich selbst gezweifelt hatte, fühlte sie sich nun in der Gegenwart von Dane begehrt und begehrenswert. Wenn sie zusammen waren, kamen ihr nie Zweifel in den Sinn. Was zwischen ihnen lag, fühlte sich so richtig, so echt und so stark an, dass ihr Verstand gar keine Gelegenheit hatte, sie vom Gegenteil zu überzeugen. So zog sie seine Hand in ihre und wandte sich der Treppe zu.

„Komm schon", bat sie leise.

Er folgte ihr wortlos, bis sie auf den Treppenabsatz trat und spürte, wie sich seine Hände um ihre Hüften legten und nach unten glitten, um ihren Po zu streicheln. Einfach so, und sie war ganz feucht. Wenn sie in seiner Nähe war, war sie fast immer kurz davor, durchzudrehen, aber wenn er sie berührte, war es um sie geschehen. Ihm entwich ein kehliger Laut. Sie war gestern einkaufen gewesen und trug einen Rock, den sie erstanden hatte. Nach so vielen Monaten, in denen sie nur das Nötigste angezogen hatte, konnte sie nicht widerstehen, ihn heute Abend zu tragen, obwohl er alles andere als praktisch war. Es war fast schon zu kalt, aber sie hatte den grünen, hauchdünnen Rock, der sich um ihre Knie wand, trotzdem angezogen. Auch wenn Dane das anders sah, bemühte sie sich, ihre Knöchel zu schonen und trug den Rock mit einem Paar flacher Schuhe, die allerdings nicht ganz so elegant waren, wie sie sich das gewünscht hätte.

Sie keuchte auf, als sie spürte, wie seine glühenden Hände über ihre Waden und unter ihren Rock glitten. Ohne zu zögern hakte er einen Finger am Rand ihres Höschens ein und schob es nach unten. Dann stützte er sie und half ihr, aus den Schuhen zu steigen. Mit einer Handbewegung glitt ihr Höschen über den Parkettboden. Ihre Bemühungen, ihn mit dem Spitzentanga, den sie gekauft hatte, zu beeindrucken, waren vergebens. Als sie sich umdrehen wollte, hielt er sie fest.

„Warte", sagte er mit tiefer und fester Stimme.

Er trat auf den Treppenabsatz und drehte sie so, dass sie das Geländer sah. Ihre Hände krümmten sich darum, das Holz war kühl in ihrem Griff. Erneut umfassten seine Hände ihren Po, diesmal durch den Rock hindurch, der wieder heruntergefallen war. Die Hitze seiner Handflächen schürte das Feuer in ihr. Köstliche Vorfreude machte sich in ihr breit. Mit einer schnellen Bewegung fuhr eine seiner Hände um sie herum und zerrte an ihrer Bluse, die Knöpfe lösten sich, einige flogen davon und hüpften durch den Flur, nachdem sie zu Boden gefallen waren. Mit einer weiteren Handbewegung fiel auch ihr BH herab. Mit der anderen Hand zog er ihren Rock nach unten, bis er an ihren Knöcheln hing. Jetzt war sie splitternackt, ihre Haut kribbelte in der kühlen Luft, eine Wohltat gegen die Hitze des Verlangens, die sie durchströmte.

Der Stoff seiner Jeans berührte sie, als er ihr seine Hüften entgegenreckte. Sie spürte die Hitze seines Schwanzes und konnte nicht verhindern, dass sich ihre Hüften in seine Wiege drängten. Er stöhnte auf, bevor er sich von ihr löste und eine Hand über ihren Po in ihren Spalt gleiten ließ, der von ihrem Verlangen durchtränkt waren. Ihr Rücken wölbte sich, als sie sich seiner Hand entgegenstemmte und seine Finger immer wieder in sie eindrangen.

Seine andere Hand spielte mit ihren Brustwarzen, während seine Lippen auf ihrem unteren Rücken landeten und ihre Wirbelsäule hinaufwanderten, präzise und überwältigend. Sie konnte ja nicht ahnen, dass langsame Küsse, die ihr Rückgrat hinaufwanderten, sie an den Rand der Verzweiflung bringen würden. Seine Finger bewegten sich im gleichen Tempo in sie hinein und wieder heraus und sein Daumen strich immer wieder über ihre empfindlichste Stelle. Als er ihren Hals erreichte und sie sanft biss, überschlug sie sich und sank mit einem Schrei zu Boden, der im Flur widerhallte.

Sein Kopf tauchte in die Mulde zwischen ihrer Schulter und ihrem Hals, sein Atem strich über ihre Haut. So verharrten sie für mehrere Augenblicke. Die Hitze seiner Erregung schmiegte sich an ihre Hüften. Ihre Sinne waren verwirrt, aber ihr Verstand riss sich schließlich so weit zusammen, dass sie den Kopf heben konnte. Mit einer kleinen Drehung ihres Gesichts trafen ihre Lippen auf seine. Bevor sie etwas sagen konnte, hob er sie in seine Arme und trug sie den dunklen Flur entlang in sein Schlafzimmer. In ein Zimmer, das sie inzwischen als ihr eigenes betrachtete. Obwohl ihr Verstand noch vor diesem Gedanken zurückschreckte.

Dane knipste das Licht an und trug sie zum Bett. Sobald er sie abgesetzt hatte, nahm sie die Sache selbst in die Hand und zog ihn sogleich zu sich heran. Sie umfasste seine erhitzte Länge durch den rauen Jeansstoff und blickte zu ihm auf. Mit einem tiefen Atemzug schloss er die Augen und begann, einen Schritt zurückzutreten.

„Nein", erklärte sie entschlossen und riss seine Jeans auf, um seinen Schwanz zu befreien. Ohne ihm Gelegenheit zu geben, die Kontrolle zu übernehmen, beugte sie sich vor und verschlang ihn. Dabei stöhnte er tief auf und rief ihren Namen.

Mit einem leisen Summen nahm sie ihn ganz in den Mund, wobei seine Eichel an ihren Rachen stieß. Sie schob seine Jeans nach unten, hakte ihre Zehen in den Bund ein, als sie sie über seine Hüften geschoben hatte, und ließ sie schließlich zu Boden gleiten. Da versuchte er erneut, sich zurückzuziehen. Sie hatte inzwischen festgestellt, dass er gerne das Kommando übernahm, wenn sie miteinander schliefen. Er tat das so geschickt, dass es ihr nicht nur nichts ausmachte, sondern sie es sogar genoss. Aber jetzt wollte sie ihn für einen kurzen Moment ganz für sich allein haben.

Also umfasste sie seine Kugeln mit der Hand und rollte sie sanft. Dabei zog sie sich langsam zurück und begann, mit ihrer Zunge an seinem Schaft auf und ab zu streichen. Sie schlang eine Hand um ihn und begann damit, langsam auf und ab zu gleiten. Danes Atem ging rasend schnell, sein Kopf war nach hinten geworfen.

„Chloe ...", würgte er hervor. *„Lass mich einfach ..."*

Sie musste kichern, als seine Worte verstummten, während sie ihre Zunge um die Eichel kreisen ließ und ihn mit einem tiefen Zug bis zum Ansatz in ihren Mund nahm. Schnell zog sie sich zurück, hielt inne und strich mit ihrem Daumen langsam nach oben. Da schimmerte ein Tropfen Sperma und sie führte ihre Lippen zu einem sanften Kuss heran, um ihn aufzunehmen.

Plötzlich bewegte er sich rasant. Sie wurde hochgehoben und landete auf dem Kissenhaufen auf seinem Bett. Er drehte sie so, dass sie von ihm abgewandt war und schob ihr ein Kissen unter die Hüften. In Sekundenschnelle war sie Feuer und Flamme und wollte bloß von ihm ausgefüllt werden. Er spielte mit ihren Brustwarzen, fuhr mit einer Hand unter sie und zupfte sanft an ihnen. Seine andere Hand zog gemächliche Kreise über ihren Hintern und strich nur knapp an der Stelle vorbei, an der sich ihr feuchtes Inneres nach ihm sehnte. Nach und nach spreizte er ihre Schenkel, bis sie für ihn weit geöffnet war. Er war umwerfend sanft und wild zugleich – so erregend, dass sie sich vor Verlangen verzehrte.

Gerade als sie meinte, es nicht mehr aushalten zu können, schob er sich hinter sie. Sie hörte das Geräusch einer Kondomverpackung und spürte seinen heißen Schaft an ihrer Spalte, bevor er in sie eindrang. Er stieß bis zum Anschlag zu und versenkte sich tief in ihr. Fast wäre sie auf der Stelle gekommen, aber er verharrte für einen langen Moment. Und dann ... langsame, lange, heiße und tiefe Stöße. Sie verlor sich in einem Dunst aus Erregung und schmerzendem Vergnügen. Jeder Schlag war wie ein Feuerstein gegen ihre Verzweiflung, bis sie erbebte und in der Erlösung regelrecht zersprang. Noch einmal stieß er tief in sie ein und stieß einen markerschütternden Schrei aus, als er in ihr zuckte. Dann verweilte er in ihr, ihr Atem hallte in dem stillen Raum wider.

Schließlich zog er sich langsam zurück, stand auf, um das Kondom im Bad zu entsorgen und kehrte zurück. Sie war so schlaff von dieser Erlösung, dass sie auf den Kissen zusammensackte. Als sich das Bett unter seinem Gewicht bewegte, drehte sie ihren Kopf und sah seine blaugrauen Augen auf sich gerichtet.

„Ich glaube, ich sollte zur Seite rücken", sagte sie leise.

„Dir wird kalt", antwortete er und strich mit seiner Hand über ihren Arm, sodass sie merkte, dass ihr von der kalten Luft eine Gänsehaut überkommen hatte.

Chloe hatte sich vollkommen in ihrer Ekstase verloren und nicht einmal gemerkt, dass ihr kalt war. Mit einem Seufzer rollte sie sich auf die Seite. Dane zerrte die Bettdecke unter den beiden hervor, während sie die Kissen neu anordnete. Nachdem er die flauschige Daunendecke über sie gestreift hatte, ließ sie sich an seine Brust sinken. Sein Körper war wie ein

Ofen, der immer Wärme ausstrahlte. Sie verschränkte ihre Beine mit seinen und schmiegte sich an ihn. Seine warme Handfläche strich gemächlich ihren Rücken hinauf und hinunter. In wenigen Augenblicken war sie durchgewärmt.

Dann sprach er leise. „Chloe ...“

Sie blickte auf, während ihr Kopf auf seiner Schulter ruhte. Sein ernster Blick weckte einen Anflug von Besorgnis in ihr. Während sie in die tiefe Leidenschaft zwischen ihm und ihr eintauchte und ihrem Herzen folgte, um ihm zu vertrauen, kamen ihr immer wieder auch Zweifel in den Sinn.

Als sie ihn ansah, räusperte er sich. „Ich weiß nicht, wie lange ich das noch durchhalte, ohne zu wissen, was du über uns denkst.“ Seine Worte klangen gewichtig. Sie spürte, dass er hin- und hergerissen war.

Aufmerksam musterte sie ihn. Das Licht der Lampe schien auf seine Haut, die immer so aussah, als würde sie von innen heraus glühen – ein warmer, goldener Ton. Sein dunkelgoldenes Haar fiel ihm in die Stirn. Seine Augen, o diese Augen. Die konnte sie Tag und Nacht ansehen, ohne sich daran zu satt zu sehen. Entschlossen, zielgerichtet und so fesselnd, dass es ihr den Atem raubte. Wenn ihr jemand gesagt hätte, dass sie einen Mann treffen würde, bei dem sie sofort wüsste, dass sie füreinander bestimmt waren, hätte sie gelacht. Doch unter diesem Lachen hätte sie die Bitterkeit gespürt, die sich in die Furchen ihres Herzens gegraben hatte, als sie sich mit dem auseinandersetzen musste, was ihr der Versuch, das Richtige zu tun, gezeigt hatte.

Oberflächlich betrachtet war Dane all das, was sie einst für absurd gehalten hatte. Er war ein leidenschaftlicher Mann, der diese Hingabe überall ausstrahlte, wo er hinging. Er war absolut selbstbewusst. Ganz abgesehen davon, dass er ein Berglöwens-hifter war, hätte sie sich in Zeiten, in denen ihr ordnungsliebendes, planendes Gehirn ihr Leben bestimmt hatte, von ihm ferngehalten. Aber jetzt bestätigte ihr Herz, was ihr Verstand in Frage gestellt hätte. Er war die naheliegendste Wahl überhaupt, denn niemand sonst würde oder könnte das sein, was er für sie war, was sie zusammen waren.

Sie begegnete seinen blaugrauen Augen in dem sanften Licht. „Ich bleibe in Catamount", verkündete sie ohne Umschweife. „Und ich würde gerne bei dir bleiben, wenn das in Ordnung ist."

Danes Augen hielten die ihren fest, die Verbindung zwischen ihnen flammte auf. Sein Blick war so scharf und entschlossen, dass sie fast zusammenzuckte.

„Ist das denn in Ordnung?", fragte sie, plötzlich unsicher.

Dane nickte heftig, zog ihre Hand in seine und legte sie auf sein Herz, das unter ihrer Handfläche heftig pochte. „Das ist mehr als in Ordnung. Es ist alles, was ich wollte, aber ich wollte nicht zu schnell vorpreschen." Seine Stimme war rau, seine Augen waren auf die ihren gerichtet. Langsam entspannte sich sein Gesichtsausdruck, er neigte seinen Kopf nach vorne und küsste sie langsam auf die Lippen, bevor er ihren Kopf an seine Brust drückte und seine Arme fest um sie schlang. Sein Herz pochte gegen ihres. Und mit dem leisen Trommeln seines Herz-schlags schlief sie schließlich ein.

KAPITEL ZEHN

Ein paar Tage später trat Dane frühmorgens durch die Tür von Roxannes Laden und steuerte auf die Kaffeetheke zu. Die Tische dort waren mit Einheimischen belegt, aber ein Mann war ganz bestimmt nicht von hier. Dane fragte sich, ob das wohl dieser Seth war, der Chloe angesprochen und nach ihm gefragt hatte. Er hatte hellbraunes Haar und graue Augen. Dane erkannte auf den ersten Blick, dass der Mann ein Shifter war. Er saß an einem der Tische und tat ganz unbekümmert, während er in Wahrheit ziemlich angespannt war. Dane trat an den Tresen und stützte sich auf seine Ellbogen.

Roxanne stand mit dem Rücken zum Tresen da und war mit der Espressomaschine beschäftigt. Als sie sich umdrehte und ihn sah, strahlte sie über das ganze Gesicht. „Dane! Ich habe dich schon seit Tagen nicht mehr gesehen. Du sollst doch mindestens jeden zweiten Tag vorbeikommen. Das weißt du doch, oder?"

Dane grinste zurück. „Ich weiß. Aber ich war so beschäftigt, dass ich das glatt vergessen habe. Aber ich habe deinen Kaffee vermisst, also dachte ich, ich hole mir lieber einen, bevor du mir wegen mangelnder Anwesenheit noch Hausverbot erteilst."

Roxanne schüttelte den Kopf und lächelte. „Bin gleich wieder da", verkündete sie, steckte sich einen Stift hinters Ohr und trug eine Tasse Kaffee zu dem Mann hinüber, der Dane aufgefallen war. Er beobachtete das Geschehen aus dem Augenwinkel. Roxanne wirkte zurückhaltend, aber höflich. Ihre übliche Herzlichkeit legte sie dem Mann gegenüber nicht an den Tag.

Als sie zum Tresen zurückkehrte, wartete Dane, während sie seinen Kaffee vorbereitete – seinen Lieblingskaffee, eine dunkle Röstung mit einem Schuss Espresso. Sobald sie ihm den Kaffee serviert hatte, sah er ihr in die Augen und fragte leise: „Wer ist der Mann da drüben?"

Roxannes Stimme war leise und ihr Gesichtsausdruck unverändert. „Er behauptet, er heißt Seth. Und vielleicht stimmt das auch. Aber ich traue ihm nicht. Er treibt sich seit ein paar Tagen in der Stadt herum und tut so, als würde er die Leute kennen, indem er immer wieder Namen fallen lässt. Er hat auch ein paar Mal deinen Namen erwähnt. Angeblich ist er wegen Callens Beerdigung gekommen."

Dane hatte ein ungutes Gefühl. „Ich habe ihn noch nie gesehen. Chloe hat erwähnt, dass er sie hier angesprochen und so getan hat, als würde er mich kennen. Hat sonst noch jemand von ihm gehört?"

Roxanne schüttelte den Kopf. „Was ist denn los, Dane? Du und Jake seid so verschlossen, aber ich weiß, dass irgendwas los ist. Seit Callen gestorben ist, sind alle so angespannt. Wenn du irgendwas weißt, würdest du mich bitte aufklären?"

Dane wünschte sich nichts sehnlicher, als Roxanne

zu berichten, was Jake herausgefunden hatte, aber das würde die Stimmung in dieser Stadt zum Kochen bringen. Callens Verrat saß so tief, dass es Dane wehtat, daran zu denken. Er begegnete Roxannes Blick aus warmen blauen Augen. „Sobald ich reden kann, melde ich mich. Versprochen."

Roxanne nickte. „Also gut, aber könntest du mir vielleicht einen Hinweis geben, ob ich auf irgendwas achten muss? Hier in meinem Laden sehe oder höre ich fast alles, was in Catamount passiert."

„Das weiß ich ja. Tu mir einen Gefallen und halte die Augen offen, wenn du Chloe siehst. Ich habe sie gebeten, vorsichtig zu sein, aber ich mache mir Sorgen um Seth und was er wohl vorhat. Er kennt nicht nur meinen Namen, er hat auch so getan, als wüsste er, dass Chloe und ich zusammen sind. Und davon sollte er eigentlich keinen blassen Schimmer haben."

Roxanne beäugte ihn aufmerksam. „Dane, die halbe Stadt redet über dich und Chloe. Das ist nicht gerade eine Neuigkeit."

„Ja, aber er ist nicht von hier. Wer sollte mit ihm reden und warum sollte ihn das interessieren?"

„Hm, jetzt hast du mich noch nervöser gemacht, als ich ohnehin schon war. Wann ist eigentlich die Beerdigung von Callen?"

„Morgen."

Roxanne blickte durch den Raum und richtete ihren Blick wieder auf Dane. Dann räusperte sie sich. „Vielleicht ist ein Themenwechsel angebracht", grinste sie. „Wie läuft's grade zwischen dir und Chloe?"

Dane gluckste. Er hatte sich gefragt, wie lange Roxanne es aushalten würde. Er kannte sie schon sein ganzes Leben lang und betrachtete sie als gute Freundin. Sie mischte sich nicht zu sehr in sein Leben ein. Allerdings konnte sie ihre Freunde durchaus in Schutz nehmen, wenn sie sich Sorgen machte. Also begegnete er ihrem Blick und lächelte. „Chloe wohnt in Catamount. Bei mir.“

Roxannes Gesicht erblühte zu einem breiten Lächeln. „Oh, das ist die beste Nachricht des Tages!“

Dane warf einen Blick auf die Uhr an der Wand hinter ihr. „Es ist doch erst sieben Uhr morgens.“

Sie schüttelte den Kopf und schlug eine Hand auf ihr Herz. „Als ich Chloe gesehen habe, habe ich sofort gewusst, dass sie die Richtige für dich ist. Ich bin ja so froh, dass sie es auch begriffen hat. Ich möchte jetzt nicht näher darauf eingehen, aber ich vermute doch, dass sie bereits alles weiß, was sie … wissen muss.“

Dane nickte. „Ja. In dieser Hinsicht ist alles klar. Ich schätze, es war ziemlich … einschneidend für sie, aber sie scheint damit ganz gut klarzukommen.“ Er wollte gar nicht an die Angst zurückdenken, dass sie ihn zurückweisen hätte können. Bis zu Chloe hatte er sich nie Gedanken darüber machen müssen, ob ihn eine ablehnen könnte, oder ob sie zurückweisen würde, wer und was er war, denn bisher war ihm keine Frau wichtig genug gewesen. Bei Chloe hingegen hatte ihn der Gedanke, dass sie vor ihm davonlaufen und sich weigern könnte, ihn so anzunehmen, wie er war, in Angst und Schrecken versetzt. Er war unendlich erleichtert, dass sie wusste, dass er ein Shifter war, dass sie es mit eigenen Augen gesehen hatte und sich trotzdem zu ihm hingezogen fühlte. Allein der Gedanke daran ließ ihn erleichtert durchatmen.

„Dane?“

Er wandte seinen Blick wieder zu Roxanne. „Ja?“

Roxanne gluckste. „Du warst einen Moment lang ganz woanders. Chloe hat dir wohl ganz schön zugesetzt, was?“

Dane grinste verlegen. „Das kann man wohl sagen.“

Er schaute sich um und hatte eine Idee. „Roxanne, könntest du mir einen Gefallen tun und dich in die Nähe seines Tisches stellen, damit ich dich ins Visier nehmen kann, wenn ich mein Handy hochhalte?“

Roxanne sah ihn von der Seite an und zog eine Augenbraue hoch. „Klar, aber warum?“

„Ich möchte ein Foto machen, damit Jake es durch sein Gesichtserkennungsprogramm laufen lassen kann. Ich bin mir ziemlich sicher, dass Seth nicht wirklich Seth heißt. Das ließe sich leichter beweisen, wenn wir ein anständiges Foto hätten.“

Roxanne nickte. „Oh, klar. Schon unterwegs.“ Sie schnappte sich eine Kanne Kaffee und bahnte sich ihren Weg durch die Tische, um Kaffeetassen aufzufüllen.

———

Chloe parkte ihr geliehenes Auto vor Roxannes Laden. Ihr Herz schlug ihr bis zum Hals. Sie war dermaßen aufgeregt, dass sie die Entscheidung getroffen hatte, in Catamount zu bleiben, dass sie vor Freude fast durchdrehte. Natürlich kribbelte es in ihrem Herzen und in ihrem ganzen Körper, wenn sie an Dane dachte, aber das war noch nicht alles. Als sie vor so vielen Monaten im späten Frühling in der bereits brütenden Hitze Georgias zu ihrer Wanderung aufgebrochen war, hatte sie sich gefühlt, als würde sie von einer Klippe springen. Für sie war es in vielerlei Hinsicht auch so gewesen. Bis dahin hatte sie bei keiner Entscheidung in ihrem Leben viel nachdenken müssen. Sie hat einfach das getan, was sie für richtig gehalten hatte: gute Noten bekommen, auf eine renommierte Uni gehen, ein Wirtschaftsstudium absolvieren, sich in einen netten jungen Mann verlieben, sich verloben und schließlich heiraten. Bis auf das Heiraten hatte sie alle Phasen durchlaufen, ohne jemals wirklich darüber nachzudenken, was sie wirklich wollte. Vielleicht hätte sie die Antwort darauf selbst nicht gewusst, aber sie hatte nie aufgehört zu fragen.

Von Natur aus war sie ein folgsames Mädchen. Sie hatte ihre Eltern angesehen und getan, was sie dachte, dass sie wollten. Seitdem sich die Ereignisse in ihrem Leben überschlagen hatten und sie Tom verlassen, ihren Job gekündigt und sich vorgenommen hatte, den Appalachian Trail zu erwandern, hatte ihre Mutter sie mit ihrer unerschütterlichen Unterstützung überrascht. Zwar war sie manchmal etwas verblüfft gewesen, aber sie hatte schlussendlich alles mit Fassung getragen. Chloe war klargeworden, dass ihre Mutter nur wollte, dass sie ein erfülltes Leben führte, ganz gleich, welchen Weg sie dafür einschlug.

Als sie in der dunklen Höhle auf Dane getroffen war und die Elektrizität zwischen ihnen zu spüren bekommen hatte, war sie auf eine Weise in sich gegangen, wie sie das zuvor nie getan hatte. Sie schüttelte den Kopf, als sie sich an jenen Abend erinnerte, an dem er ihr offenbart hatte, dass er ein Berglöwenshifter war. Seitdem hatte er sich in ihrer Gegenwart nicht mehr gewandelt, und sie hätte ihn gerne danach gefragt. Jetzt, wo sie ein paar Wochen Zeit gehabt hatte, sich an die Tatsache zu gewöhnen und sie zu begreifen, hätte sie das Ganze nur zu gerne ohne den Nebel der Überraschung miterlebt. Aber jetzt wollte sie erst einmal eine Tasse Kaffee bei Roxanne und vielleicht eines ihrer tollen Sandwiches. Dane war auf der Arbeit und würde bis heute Abend beschäftigt sein. Chloe musste sich noch überlegen, welchen Job sie eigentlich machen wollte, aber jetzt wollte sie erst einmal einen Kaffee trinken.

Shana hatte Chloe ihr Auto geliehen und betont, dass sie bei Bedarf von Freunden mitgenommen werden konnte. Wenn sie an Shana dachte, rutschte ihr das Herz in die Hose. Chloe hatte gerade erst angefangen, sie kennenzulernen, aber es war klar, dass sie durch Callens Tod am Boden zerstört war. Jetzt, da Chloe die Tiefe ihrer Gefühle für Dane erlebt hatte, konnte sie sich die Verzweiflung vorstellen, die sie empfinden würde, wenn ihm etwas zustoßen würde.

Sie stieg aus Shanas Auto und hielt inne, um sich umzusehen. Ein frischer Herbstwind wehte durch die Luft. Das gepflegte Grün der Stadt war mit dem Konfetti der herbstlichen Blätter bedeckt. Dane hatte sie darauf hingewiesen, dass sie jeden Tag mit Schnee rechnen musste. Thanksgiving stand vor der Tür. Ihrer Mutter hatte sie für das neue Jahr einen Besuch versprochen und hatte vor, auch Dane mitzubringen, aber Thanksgiving wollte sie hier verbringen. Sie hatte das Gefühl, dass es sie an Catamount binden würde, die Verbundenheit, der Erntedank und die Einstimmung auf den Winter.

Sie schlang ihre Jacke um sich und stieg die Treppe zu Roxannes Laden hinauf. Sie war dankbar für die Wärme, die ihr beim Betreten des belebten Lokals entgegenschlug. Nachdem sie sich einen Kaffee geholt und ein Sandwich gegessen hatte, kehrte sie nach draußen zurück und beschloss, einen kurzen Spaziergang durch den Park zu machen. Die Häuser, die die Grünfläche säumten, waren mit geschmackvoll bemalten Schildern versehen, auf denen stand, wann die Häuser errichtet worden waren und wer die ursprünglichen Besitzer gewesen waren. Im Hinterkopf behielt sie Danes Warnung, wachsam zu sein, aber sie konnte sich nicht vorstellen, dass sie hier mitten im Stadtzentrum mit den Geschäften, die den Platz säumen, und den Menschen, die auf den Gehwegen flanierten, nicht sicher sein würde.

Der Wind ließ sie frösteln, aber sie war froh, dass sie jetzt fast ohne zu hinken gehen konnte. Ihr verstauchter Knöchel fühlte sich schon fast normal an. Sie überlegte, ob sie Dane fragen sollte, ob er mit ihr im nächsten Frühjahr das letzte Stück des Appalachian Trail bewältigen wollte. Jetzt, wo ihr Knöchel so frisch verheilt war und der Winter in der Luft hing, war es unklug, das zu versuchen. Während sie den Bürgersteig entlanglief und eine schmale Gasse zwischen zwei alten Gebäuden entlangging, spürte sie, wie sich eine Hand um ihren Arm schlang. Bevor sie einen Laut von sich geben konnte, legte sich eine andere Hand über ihren Mund und sie wurde auf den Rücksitz eines Fahrzeugs geschleudert. Sobald die Tür zugeschlagen war, setzte sich das Fahrzeug in Bewegung. Chloe blickte auf und sah, wie Seth, der Mann, der so getan hatte, als würde er Dane kennen, zu ihr zurückblickte.

———

Dane begleitete seinen letzten Patienten des Tages durch die Tür und schloss ab. Seine Sprechstundenhilfe war bereits gegangen. Er drehte eine schnelle Runde durch die Praxis und schaltete dabei Computer und Licht aus. Noch einmal versuchte er, Chloe anzurufen. Er war verwundert, dass sie auf keine seiner SMS geantwortet oder seine Anrufe entgegengenommen hatte. Er hatte inzwischen festgestellt, dass sie alles andere als zurückhaltend war und Anrufe oder SMS oft innerhalb von Minuten beantwortete. Ihr

Schweigen war also ungewöhnlich und beunruhigte ihn. Nachdem er gesehen hatte, dass Roxanne ihn angerufen hatte, wollte er schon zurückrufen, als ein weiterer Anruf einging, während er zu seinem Wagen ging.

„Dane hier", meldete er sich schnell.

„Komm so schnell wie möglich hierher", bellte Jake ihm ins Ohr.

„Ich komme gerade aus der Praxis, ich bin gleich da. Was gibt's?"

Er hörte Jakes tiefen Atemzug und bei diesem Geräusch schnürte es ihm den Magen zu.

„Roxanne hat berichtet, dass Gail Anderson angerannt gekommen ist, um ihr zu erzählen, dass sie gesehen hat, wie Chloe in ein Auto gezerrt und weggebracht worden ist."

Jakes Worte trafen Dane wie ein Schlag. Ihm stockte der Atem, sein Herz schlug ihm bis zum Hals. Mit quietschenden Reifen raste er die zwei Blocks zu Jakes Büro und brachte den Wagen kreischend zum Stehen.

Während er durch die Tür stürmte, steckte er sein Handy ein und starrte Jake an. „Warum zum Teufel hat mich nicht schon früher jemand angerufen?", brüllte er fast. Sein Löwe tobte unter seiner Haut und wollte herauskommen, um denjenigen anzugreifen, der Chloe in seiner Gewalt hatte.

Jake zuckte nicht zurück. „Roxanne hat versucht, dich anzurufen, aber du bist nicht rangegangen. Also hat sie sich bei mir gemeldet. Die gute Gail. Obwohl sie schon auf die Achtzig zugeht, hat sie immer noch scharfe Augen. Sie hat sich das Nummernschild gemerkt. Roxanne hat zwar gemeint, dass Gail die Marke und das Modell des Wagens nicht gekannt hat, aber sie hat erzählt, dass es sich um einen schwarzen

Sportwagen gehandelt hat. Während ich dich angerufen habe, habe ich das Kennzeichen überprüft. Ich
habe heute auch Seths Foto durch das System gejagt
und wollte mich auch deswegen bei dir melden. Er lügt
nicht nur bei seinem Namen, sondern hat auch sonst
verdammt viel Dreck am Stecken. Das Nummernschild verweist auf eine Autovermietung, also hacke
ich mich in ihr System, um herauszufinden, wer das
Auto gemietet hat. Ich denke, ich warte ein paar Tage
ab und kläre das, während du dich auf die Suche nach
dem Auto machst. Roxanne hat versprochen, dass sie
alle, die sie auftreiben kann, für die Suche gewinnen
will. Sie hat gesagt, ich soll dir sagen, dass sie sich um
alles kümmert und alle Informationen, die ich ihr
liefere, an alle weiterleitet."

Dane bekam kaum noch Luft. Die Angst um Chloe
plagte ihn. Er schloss die Augen, verharrte ganz ruhig
und versuchte, seinen Löwen im Zaum zu halten. Er
konnte in seiner Löwengestalt nicht Auto fahren, er
musste sich zusammenreißen. Dann öffnete er seine
Augen und begegnete Jakes besorgtem und zugleich
verärgertem Blick.

„Geh", sprach Jake mit fester Stimme.

„Also gut, ruf mich an, wenn du irgendwas rausgefunden hast."

Damit wendete er und verließ den Parkplatz. Er
meldete sich kurz bei Roxanne, um sie zu ersuchen,
die Leute auf die verschiedenen Stadtteile zu verteilen.

KAPITEL ELF

Chloe kämpfte gegen die Angst an, die sie übermannte. Seth saß auf dem Beifahrersitz und blickte ab und zu in ihre Richtung, aber er hatte kaum etwas gesagt, seit sie losgefahren waren. Ein Mann, den sie irgendwo in der Stadt schon mal gesehen hatte, saß am Steuer. Sie versuchte sich daran zu erinnern, wo sie ihn zuletzt gesichtet hatte. Schweigend fuhr er einen unbefestigten Waldweg entlang und hielt schließlich vor einer kleinen Hütte an.

Dann drehte sich Seth zu ihr um. „Wir wollen dir nichts antun. Wir haben noch was mit Dane zu klären und haben leider ein Druckmittel gebraucht."

„Ich bin ein Druckmittel?", fragte sie, während Zorn und Furcht in ihr aufstiegen.

Seth zuckte mit den Schultern. „Ja. Du bedeutest Dane sehr viel, also bist du unsere beste Wahl." Mit diesen Worten öffnete er die Autotür und folgte dem Fahrer aus dem Wagen. Die beiden berieten sich kurz auf der Treppe der Hütte. Chloe strengte sich an, sie zu hören, aber ihre Stimmen waren gedämpft. Laub wirbelte um das Auto herum. Nachdem der Fahrer in die Hütte getreten war, kam Seth zum Auto und öffnete die Tür an ihrer Seite.

Er betrachtete sie prüfend, seine grauen Augen blickten sie unverwandt an. „Versuch bloß keine Tricks. Wenn du gesehen hast, wie Dane sich gewandelt hat, weißt du ja genau, was wir alles anrichten können."

Chloe machte sich nicht die Mühe zu nicken und weigerte sich zu antworten. Aber sie war auch nicht bescheuert, also folgte sie ihm, als er sie aus dem Auto in die kleine Hütte lotste. Drinnen angekommen, sah sie sich um. Es schien eine Jagdhütte zu sein – spärlich möbliert, mit einer einfachen Küche, einem großen Raum mit schlichten Möbeln, einem Badezimmer und einem Schlafzimmer an der Seite.

Der Fahrer betrat die Hütte durch eine Tür an der Rückseite mit einer Ladung Brennholz im Arm. Er nickte Chloe zu, war aber ansonsten schweigsam. Plötzlich fiel ihr ein, wo sie ihn schon einmal gesehen hatte – bei Roxanne. Er war als Callens jüngerer Bruder vorgestellt worden, aber sie hatte sich noch nie mit ihm unterhalten und kannte auch seinen Namen nicht.

„Du bist Callens Bruder", erklärte sie.

Da schnellte der Kopf des Mannes hoch. Er hatte graue Augen, wie viele Shifter. Sein Haar hatte nicht den warmen, goldenen Farbton von Danes Haaren, sondern war glatt und dunkelblond. Sein Blick richtete sich auf sie und wanderte dann zu Seth.

„Du hast doch behauptet, sie weiß nicht, wer ich bin", bemerkte der Mann.

Seth sah zwischen ihnen hin und her, sein Blick war berechnend. „Das habe ich zumindest gedacht. Sie ist ja erst seit kurzem in der Stadt, wie du selbst gesagt hast." In Seths Worten steckte ein Vorwurf.

„Wie heißt du?", fragte Chloe. „Ich weiß, wer du bist, also kannst du mir auch gleich deinen Namen verraten."

Der Mann schüttelte den Kopf. „Nein. Callen hat mehr als einen Bruder. Das musst du dir schon selbst überlegen."

In Chloes Kopf schwirrten die Gedanken und sie erinnerte sich an Danes Sorge darüber, was Callen zugestoßen war. Auch wenn sie noch keine Einzelheiten kannte, war es offensichtlich, dass sein Bruder etwas mit dem zu tun haben könnte, worum sich Dane Sorgen machte. Interessant, dass Callens Bruder nicht wollte, dass sie wusste, wer er war. Er hatte offensichtlich einiges zu verbergen. Wenn sie nur rausgefunden hätte, was sie von Dane wollten.

Der Mann schenkte ihr jedoch keine Beachtung und räumte das Holz in ein Gestell neben einem kleinen Holzofen. Danach entfachte er schnell ein Feuer. Seth bedeutete ihr, sich auf einen Stuhl in der Ecke zu setzen, was sie auch tat. In ihrem Kopf drehte sich alles um die Frage, wann Dane wohl bemerken würde, dass sie weg war, und wie sie am besten vorgehen sollte, wenn jemand sie hier draußen finden würde. Verstohlen musterte sie den Raum, aber der war so karg, dass es nicht viel gab, was ihr weiterhelfen konnte. Sie beschloss, sich einfach bereit zu halten, falls Dane oder irgendjemand zu Hilfe kommen würde. In der Zwischenzeit würde sie versuchen, sich ruhig zu verhalten und abzuwarten, ob sie etwas verraten würden.

Seth ging ein paar Mal nach draußen, um zu telefonieren, während Callens Bruder die meiste Zeit schwieg. Er holte einen Laptop heraus. Man hatte ihr das Handy abgenommen, nachdem man sie ins Auto gestoßen hatte. Aber die beiden wussten nicht, dass ihre Uhr mit ihrem Telefon verbunden war und über ein eigenes GPS verfügte. Sie hoffte inständig, dass das GPS-Ortungsgerät hier draußen funktionieren würde.

———

Dane fuhr wie wild die kurvenreiche Straße entlang in Richtung der Stelle, von der laut Jake ein Signal von Chloes Uhr ausging. „Woher weißt du, dass es ihre Uhr ist?", fragte Dane.

„Weil ihre Kennung das besagt. Dir muss doch aufgefallen sein, dass sie eine von diesen schicken Uhren hat, die ihre Fitness und so weiter aufzeichnen", erwiderte Jake.

„Das habe ich bemerkt. Ich habe nur nicht gewusst, dass sie über ein eigenes GPS verfügt."

Jake zuckte mit den Schultern. „Natürlich hat sie das. Gut so. Und die Uhr ist mit ihrem Telefon synchronisiert. Als ich versucht habe, ihr Telefon zu suchen und kein Signal bekommen habe, wurde angezeigt, dass die Uhr verbunden war. Ich vermute, sie haben ihr das Handy abgenommen, aber nicht daran gedacht, sie darüber hinaus zu filzen."

Jake hatte seine jüngere Schwester Liliana gebeten, in seinem Büro zu bleiben und auf das Signal zu achten. Er saß auf dem Beifahrersitz von Danes Truck. Kalte Wut und heiße Angst rangen in Dane miteinander. Er war stinksauer auf Seth und alle anderen, die hinter Chloes Entführung steckten, und hatte große Angst um ihre Sicherheit. Jake hatte bestätigt, was sie vermutet hatten. Seth hieß in Wirklichkeit nicht Seth, sondern Steven Meyer. Jake hatte seinen Führerschein in einer kleinen Stadt außerhalb von Bozeman in Montana ausfindig gemacht. Ihm wurde zwar eine Reihe kleinerer Straftaten angehängt, aber nichts, was auch nur annähernd an eine Entführung heranreichte, sondern hauptsächlich kleinere Drogenvergehen. Danes Gedanken kreisten um Chloes Sicherheit und um die Frage, wie sie sie retten konnten.

Jake saß schweigend neben ihm, seine Wut pochte im Einklang mit Danes Emotionen. Jake fürchtete um Chloe, genau wie Dane, aber er empfand nicht die gleichen Gefühle für sie. Er grübelte darüber nach, warum sie Chloe entführt hatten und kam immer wieder auf den Gedanken zurück, dass sie sie als Druckmittel brauchten, um an Dane heranzukommen.

„Was auch immer wir tun, wir sollten versuchen, die Arschlöcher am Leben zu lassen, damit wir rausfinden können, was sie von uns wollen", stellte Jake klar.

Obwohl weder Dane noch Jake jemals die Möglichkeit in Betracht gezogen hatten, dass sie jemanden umbringen könnten, wussten sie beide, dass sie mit hoher Wahrscheinlichkeit in die Löwengestalt wechseln würden, um alles zu tun, was nötig war, um Chloe in Sicherheit zu bringen. Wenn sie einem anderen oder mehreren Shiftern begegnen würden, wäre alles möglich.

Plötzlich vibrierte Jakes Telefon im ruhigen Truck. Schnell ging er ran. „Jake hier."

„Aha, verstanden, also keine Bewegung? Gibt es sonst irgendwelche Neuigkeiten?"

Dane hörte die gedämpften Geräusche einer Antwort und wartete, bis Jake aufgelegt hatte.

„Was gibt's?", fragte er knapp.

„Liliana hat angerufen, um uns zu informieren, dass Chloes GPS-Signal sich immer noch an der gleichen Stelle befindet. Sie versucht gerade, sich in Seths Computer zu hacken, oder in den Computer, den sie zu der Adresse auf seinem Führerschein zurückverfolgt hat. Sie hat auch seine Telefondaten abgerufen und probiert, ob sie auch sein GPS-Signal aufspüren kann. Das alles setzt allerdings voraus, dass das, was wir zu seinem richtigen Namen zurückverfolgt haben, tatsächlich zu ihm gehört."

Dane nickte. „Gut, anhand der Koordinaten, die du mir gegeben hast, sollten wir den Standort jeden Moment erreichen. Kennst du irgendwelche Hütten in dieser Richtung?"

Sie waren aus Catamount herausgefahren und folgten der Hauptverkehrsstraße, die durch die Stadt führte, um dann auf einen kleineren Highway und eine unbefestigte Straße abzubiegen, von der er annahm, dass es sich um eine Forststraße handelte. Die Wälder von Maine waren von kilometerlangen Holzfäller-straßen durchzogen, von denen einige regelmäßig von Holzfällerunternehmen genutzt wurden, während andere hauptsächlich von den Einheimischen für Fahrten in die Wälder frequentiert wurden. Da Dane in Catamount aufgewachsen war, kannte er die Gebiete, in denen die Leute Lager- und Jagdhütten hatten. Diese Straße war ihm jedoch unbekannt.

Jake checkte sein Handy. „Halt doch mal kurz an und schalte das Licht aus", bat er.

Dane bremste abrupt und schaltete sofort das Licht aus. Jake checkte die Koordinaten auf seinem Handy und die, die Liliana ihm per SMS geschickt hatte. Dann deutete er nach vorne in die Dunkelheit. „Der GPS-Peilsender sollte nicht mehr als einen Kilo-meter entfernt sein. Wenn sich hier draußen irgendje-mand aufhält, müssen wir langsamer werden und ohne Licht weiterfahren, damit sie uns nicht kommen sehen."

Dane nickte und wartete darauf, dass sich seine Augen an die Dunkelheit gewöhnten. Ohne das grelle

Licht der Scheinwerfer dauerte es einen Augenblick, bis er die Straße vor ihnen in der Dunkelheit erkennen konnte. Als er nach vorne blickte, sah er ein flackerndes Licht zwischen den Bäumen, das er mit eingeschalteten Scheinwerfern wahrscheinlich nicht wahrgenommen hätte.

Ohne ein Wort zu sagen, deutete er darauf. Jake nickte, sobald er das Licht durch die Bäume sah. „Fahr so nah wie möglich ran und bleib auf der Hauptstraße. Die Hütte scheint an einer anderen Straße zu liegen. Wir dürfen uns nicht den Weg versperren lassen, also lass uns hier anhalten und zu Fuß weiterlaufen."

Dane ließ den Truck langsam weiterrollen, bis sie eine Einfahrt erreichten, die zu der kleinen Hütte zu führen schien, die sie durch die Bäume kaum sehen konnten. Nur das flackernde Licht in den Fenstern vor Augen, liefen sie schweigend durch den Wald und umkreisten die Hütte von hinten. Das Licht, das sie gesehen haben, kam von einem Feuer in einem Holzofen. Ansonsten war kein einziges Licht an. Dane hatte diese Hütte noch nie gesehen. Sie war neueren Datums, wahrscheinlich erst in den letzten Jahren errichtet worden. In den Wäldern von Maine gab es viele alte und verwitterte Jagdhütten. Dass diese Hütte so neu war, machte ihn stutzig. Er fragte sich, woher Seth diese Hütte kannte und was das darüber aussagte, wer ihm helfen würde. Es musste jemand aus Catamount sein, der ihn zu einer Hütte an einem unbekannten Ort in den viel befahrenen Wäldern dieser Gegend geführt hatte. Das Waldgebiet, durch das der Appalachian Trail führte, war ein stark frequentiertes Waldgebiet. Irgendwie hatten sie es geschafft, ein Gebiet zu finden, das sich außerhalb der häufig genutzten Straßen befand.

Dane hasste das Misstrauen, das er verspürte, seit

Jake ihm das mit Callen erzählt hatte. So sehr er auch glauben wollte, dass Callen allein gehandelt hatte, sein Bauchgefühl sagte ihm etwas anderes.

Er und Jake hatten vereinbart, dass sie sich nicht wandeln würden, bevor sie die Hütte betraten. Sie hatten beide den starken Verdacht, dass Seth selbst ein Shifter war, aber sie wollten sich nicht zu erkennen geben, sofern das nicht zwingend notwendig war. So näherten sie sich leise der Hütte. Als sie die Rückseite erreichten und ein Fenster öffnen konnten, tastete sich Dane leise und sorgfältig an das Fenster heran und schob es auf. Sie hörten ein leises Geräusch, während die kalte Luft in den Raum strömte.

In der Dunkelheit harrten sie aus, bis Stimmen zu ihnen durchdrangen. Es waren zwei Männer, die miteinander sprachen. Dane und Jake sahen einander an, als sie gleichzeitig eine der Stimmen erkannten. Dane rätselte, wer es war. Er kannte die Stimme ohne Zweifel, aber er konnte nicht sagen, zu wem sie gehörte. Jake schüttelte den Kopf und zuckte mit den Schultern. Jake stieg zuerst durch das Fenster. Erst als er drinnen war und einen Moment lang stillhielt, bedeutete er Dane, sich zur Vorderseite zu bewegen. Sie hatten vereinbart, dass einer von hinten und der andere von vorne einsteigen würde. Dane ging zügig vor, und wartete lautlos an der Vordertür. Er würde ein Fenster daneben einschlagen, um sie zu öffnen, falls sie sich als verschlossen herausstellen sollte. Er hatte nicht vor, den Knauf zu betätigen, falls sie sehen würden, dass er sich bewegte. Sobald er hörte, wie ein Stuhl über den Boden geschoben wurde, stürzte er durch die Tür.

Dabei fiel sein Blick auf Chloe, die auf einem Stuhl in der Ecke saß, die Hände frei und die Augen weit aufgerissen. Alle Vorsätze, sich ruhig zu verhalten, verpufften, als sein Urinstinkt die Oberhand gewann. Er wollte sie unbedingt beschützen und ließ seinem Kater freien Lauf, indem er sich augenblicklich wandelte. Als seine Augen den Raum abtasteten, erblickte er Callens jüngsten Bruder Randall, der sich sofort wandelte, als er Dane bemerkte. Innerhalb eines Atemzuges wandelten sich alle vier Männer in Berglöwen.

KAPITEL ZWÖLF

Chloe erblickte Jake noch vor Seth und dem anderen Mann. Er hielt einen Finger an seine Lippen und ließ seine Augen in dem schummrigen Raum über sie schweifen, als wolle er überprüfen, ob es ihr auch gut ging. Sie wagte nicht zu nicken, aber sie versuchte, mit ihren Augen zu vermitteln, dass alles in Ordnung war. Im Grunde ging es ihr gut, aber sie war aufgekratzt und erschöpft zugleich. Sie war aufgebracht und verängstigt und ihre Unruhe hatte sich durch die stundenlange, fast geräuschlose Anspannung in der Hütte noch verstärkt. In dem Moment, als sie Jake erblickt hatte, wusste sie, dass auch Dane in der Nähe sein musste. Ihr stockte der Atem, so groß war die Erleichterung. Sie hatte zwar geahnt, dass er nach ihr suchen würde, aber sie hätte nie gedacht, wie viel Angst sie haben würde, dass er sie nicht finden würde. Aus den Gesprächsfetzen, die sie aufgeschnappt hatte, konnte sie immer noch nicht viel entnehmen. Als die beiden Männer bei ihr im Wohnzimmer gesessen hatten, hatten sie, wenn überhaupt, nur beiläufig darüber gesprochen, warum sie ein Druckmittel gegen Dane brauchten.

Plötzlich versteifte sich der Mann bei Seth. Ohne ein Wort zu sagen, erhob er sich unvermittelt, wobei sein Stuhl laut auf den Boden knallte. In dem Augenblick flog die Haustür auf. Für den Bruchteil einer Sekunde sah Chloe Dane mit seinen blaugrauen Augen, die sie liebkosten. In einer weiteren Sekunde wandelten sich alle vier Männer. Sie war von Berglöwen umgeben, alle mit aufgestellten Nackenhaaren und peitschenden Schwänzen. Dane fauchte und fletschte seine Zähne. Er und Jake waren ungefähr gleich groß, beide waren größer als Seth und Callens Bruder. Chloe wusste, dass sie eigentlich mehr Angst haben sollte, aber dieser Anblick war so überwältigend, dass sie in Ehrfurcht erstarrte. Dane in seiner ganzen Pracht als Löwe zu sehen, war atemberaubend. Er schenkte Callens Bruder überhaupt keine Beachtung, seine Dominanz gegenüber dem anderen Löwen war offensichtlich. Dane und Jake sahen einander in die Augen und zwischen ihnen knisterte die Luft. Jake stürzte sich auf Callens Bruder, knurrte ihn an und jagte ihn aus der Hütte.

Dane wandte sich Seth zu, der viel schmächtiger war als er. Dane hingegen war muskulös und geschmeidig. Er sprang quer durch den Raum und drängte Seth knurrend und brüllend in eine Ecke. Seth wich Danes Angriffen aus und schaffte es, zur Tür zu schlüpfen und sich hinauszuschleichen. Daraufhin machte Dane einen Satz nach vorne und folgte Seth zur Tür hinaus. Chloe fuhr von ihrem Stuhl hoch, rannte zur Tür und schaltete das Außenlicht ein.

Die Löwen bewegten sich so schnell, dass sie überhaupt nicht mehr wahrzunehmen waren. Im Schein des Lichts schimmerte es immer wieder golden auf.

Jake und Callens Bruder schnappten abwechselnd zu und knurrten. Seth stürmte in den Wald, Dane folgte ihm, seine Bewegungen waren fast lautlos, aber seine Kraft war überwältigend. Er pirschte sich an Seth durch die Bäume heran, schlängelte sich zwischen ihnen hindurch und sprang von ihnen herunter. Schließlich kletterte er in die Äste einer Eiche und wartete schweigend, während Seth über seine Schulter blickte, um nach ihm zu suchen. Als Seth unter dem Baum seine Kreise zog, sprang Dane auf seinen Rücken. Die beiden rollten wieder auf die Lichtung, ein Bündel aus Krallen und Fell.

Chloes Herz raste und die Angst ließ sie fast ersticken, als Callens Bruder sich von Jake löste und sich Seth im Kampf mit Dane anschloss. Bevor Jake sie erreichen konnte, schafften es Callens Bruder und Seth, den Chloe nur an seiner Größe erkennen konnte, Dane zu Boden zu drücken. Sein Fell war blutverschmiert, wo sie an ihm gezerrt hatten. Ohne nachzudenken, bewegte sich Chloe auf die beiden zu, weil sie dachte, sie müsse irgendeine Möglichkeit finden, ihnen zu helfen, und erstarrte, als Dane ihr entgegenbrüllte.

Chloe hatte Jake aus den Augen verloren und sich Sorgen gemacht, dass er verschwunden war, doch dann sah sie, dass er sich hinter der Gruppe verschanzt hatte. Er wartete schweigend in den Bäumen, die Augen auf die anderen Katzen gerichtet. Als der richtige Moment gekommen war, sprang er mit einem Knurren vor und stieß Callens Bruder weg. Das gab Dane die Gelegenheit, die Kontrolle über Seth zurückzugewinnen. Mit einem Hieb schleuderte Dane Seth gegen einen Baum und betäubte ihn für einen kurzen Augenblick. Seth stürzte zu Boden. Dane richtete sich über ihm auf und brüllte, dass das Echo durch den dunklen Wald hallte. Dann beugte er sich vor und biss Seth in den Hals, sodass das Fell unter Danes Zähnen mit Blut durchtränkt war. Seth wehrte sich gegen Danes Biss, bevor er erschlaffte und sich unterwürfig auf den Rücken drehte. Dane schüttelte ihn mit seinen Zähnen, bevor er ihn langsam losließ. Jake hatte Callens Bruder unter seiner Pfote eingeklemmt, der ebenfalls zu Boden gesunken war.

Chloes Herz klopfte wie wild. Der wilde, animalische Anblick dieser Löwen, die kämpften und entschieden, wer die meiste Kraft hatte, war anders als alles, was sie je gesehen hatte oder sich vorstellen konnte. Als sie Dane ansah, wie er schweigend im Wald stand, verflog ihre Angst und intensives Verlangen stieg in ihr auf. Sie hatte gar nicht wahrgenommen, dass sie den Atem angehalten hatte, als sie sah, wie Seth und Callens Bruder wieder ihre menschliche Gestalt annahmen. Ihre Körper trugen noch die Kratzer und Bisswunden von dem Kampf mit Jake und Dane. Die Männer blieben nackt und verletzt dort liegen, wo sie zuvor zu Boden gesunken waren. Jake und Dane warteten einen Augenblick und verwandelten sich dann selbst wieder in Menschengestalt.

Chloe wurde plötzlich bewusst, dass sie gerade vier nackte Männer anstarrte. Sie blickte hinter sich in die Hütte und sah vier zerknitterte Kleiderstapel auf dem Boden, wo sich die Männer gewandelt hatten. Als sie sie zusammengesucht hatte, stellte sie fest, dass die meisten Kleidungsstücke zerrissen waren. Aber damit würden sie sich wohl abfinden müssen. Mit klopfendem Herzen trug sie die Kleidung zu den Männern hinaus. Die Angst des Nachmittags und des Abends und der Nervenkitzel, Dane und Jake dabei zuzusehen, wie sie die beiden Männer überwältigt hatten, die sie als Druckmittel benutzen wollten, ließen das Adre nalin in ihr aufsteigen. Dane rührte sich nicht von der Stelle, an der er neben Seth stand. Er neigte den Kopf zu ihr und begegnete ihrem Blick. Seine blaugrauen Augen leuchteten im dunklen Wald eindringlich und wie aus einer anderen Welt. Schweigend nahm er die Kleidung an, die sie ihm anbot, und warf ein paar davon auf Seth.

Danach trat Chloe zu Jake hinüber und reichte ihm die anderen Kleidungsstücke. Wenige Augenblicke später waren alle vier Männer angezogen, wenn auch in zerschlissenen Klamotten. Dane und Jake begleiteten die beiden Männer zurück in die Hütte. Chloe fragte sich, ob es sicher war, sie nicht zu fesseln, aber sie spürte, dass Dane und Jake die Sache im Griff hatten. Dane schob einen weiteren Stuhl neben den, auf dem sie gesessen hatte, und bedeutete den beiden Männern, sich zu setzen.

Jake stand an Danes Seite, beide Männer strotzten vor Energie und Ärger. Dane ließ Seth unbeachtet und betrachtete Callens Bruder. „Sieht ganz so aus, als ob du mit Callen unter einer Decke gesteckt hättest, Randall."

Randall riss den Kopf hoch und war sichtlich überrascht von Danes Frage. Sein Blick wechselte zwischen Jake und Dane hin und her. Doch die beiden schwiegen. „Ich weiß nicht, wovon du da redest", erwiderte Randall barsch.

Dane beugte sich vor, sein Gesicht war nur wenige Zentimeter von Randalls Gesicht entfernt. „O doch, das denke ich schon. Wenn du gehofft hast, Chloe gegen mich einsetzen zu können, hast du wohl nicht bedacht, wie groß unser Druckmittel gegen dich ist. Wir werden dir keine weiteren Auskünfte erteilen, das überlassen wir schon dir. Aber eins sollst du wissen: Wir wissen, dass Callen geplant hat, die Catamount

Shifter zu verraten. Es ist für uns ein Leichtes, Schande über deine gesamte Familie zu bringen. Und die hier …" Dane deutete durch den Raum. „Diese kleine versteckte Hütte und dein Plan, meine Verlobte zu entführen … das läuft so nicht. Du wirst dafür büßen und nicht zu knapp."

Chloes Herz hämmerte gegen ihre Rippen. Die Art und Weise, wie Dane über sie sprach, seine Schärfe und Leidenschaft, jagten ihr eine Gänsehaut über den Rücken. Sein Blick traf kurz den ihren, und zwischen ihnen knisterte es. Wären sie allein gewesen, wäre Chloe in seine Arme gefallen. Sie zwang sich, ruhig zu bleiben, obwohl ihr Körper förmlich vibrierte.

Randalls Gesicht erblasste, aber er schwieg mit mürrischer Miene. Dane blickte wieder zu Chloe und sein Blick streichelte sie flüchtig. Ohne sie auch nur zu berühren, spürte sie, wie er ihr Trost spendete. Danach schaute er wieder zu Randall und dann zu Seth hinüber.

„Also, die Sache läuft so. Die halbe Stadt ist auf der Suche nach Chloe. Wir haben bereits dafür gesorgt, dass die Polizei anrückt, sobald Jake Liliana gemeldet hat, dass wir die Hütte gefunden haben. Sie dürften nicht mehr als ein paar Minuten hinter uns sein. In der Zwischenzeit könnt ihr die Klappe halten oder euch überlegen, ob ihr uns alles sagen wollt, um eventuell eine geringere Strafe zu erhalten."

Randall blickte Seth an, dann wanderte sein Blick zu Jake und landete auf Dane. Schließlich schüttelte er den Kopf. „Fick dich!"

Da blitzten Lichter durch die Bäume, als ein Auto in die Straße zur Hütte einbog und weitere Lichter folgten. Die nächsten Stunden waren für Chloe ein einziges Durcheinander. Die Polizei von

Catamount traf ein und verhaftete Randall und Seth auf der Stelle. Chloe fuhr mit Dane und Jake zurück in die Stadt, eng an Danes Seite geschmiegt. Sie hatten nicht einmal eine Sekunde Zeit für sich gehabt, also begnügte sich Chloe mit einem schnellen Kuss und Danes starkem Arm um sie, während das Adrenalin und die Gefühle durch sie hindurchströmten. Neben der Angst um ihre eigene Situation hatte sie auch Angst gehabt, dass Dane während des Kampfes mit Randall verletzt werden würde. Vier Shifter in Löwengestalt zu sehen, war aufregend und überwältigend, aber es war auch beängstigend zu wissen, dass Dane oder Jake hätten verletzt werden können.

Als sie bei der Polizeiwache ankamen, warteten dort schon einige Anwohner. Die Nachricht hatte sich wie ein Lauffeuer herumgesprochen. Chloe wurde zusammen mit Dane und Jake zur Vernehmung gebracht. Während sie draußen darauf wartete, dass das Gespräch mit Dane zu Ende ging, wurde sie von den Anwohnern mit Fragen gelöchert. Die Leute waren bestürzt und verblüfft über Randalls Mitwirkung. Da tauchte Roxanne auf und scheuchte alle von Chloe weg. „Um Himmels willen, Leute, lasst ihr etwas Freiraum. Ich weiß, dass wir alle beunruhigt und besorgt sind, aber lasst uns noch ein wenig Zeit. Die Polizei wird uns mehr sagen, sobald sich alles geklärt hat.“

Chloe atmete erleichtert auf, als der Druck der Fragen nachließ. „Danke“, murmelte sie verlegen.

Roxanne zuckte mit den Schultern. „Kein Problem. Die Leute flippen völlig aus. Das kann ich ja verstehen. Ich auch, aber wenn wir dich mit Fragen löchern, hilft das niemandem. Kommst du denn klar?“

Mittlerweile duzten Roxanne und Chloe einander.

Die Ladenbesitzerin war zu einer guten Freundin geworden.

Chloe nickte. Sie war müde, erschöpft und total kaputt von den Folgen der stundenlangen Angst und dem Adrenalin, das in ihrem Körper gewütet hatte. „Alles in Ordnung. Aber ich bin hundemüde und möchte eigentlich nur noch nach Hause."

Als sie eine Hand auf ihrer Schulter spürte, wusste sie sofort, dass es Danes Hand war. Sie glitt sanft über ihren Rücken und kam an ihrer Taille zum Liegen. Wärme durchflutete sie, seine Berührung war beruhigend und erregend zugleich. „Wie gut, dass wir genau dorthin unterwegs sind."

Er trat an ihre Seite, lächelte sie an und ließ seinen Blick aus blaugrauen Augen über sie gleiten.

„Hey Roxanne, danke, dass du mit Chloe gewartet hast", fügte er hinzu.

Roxanne sah ihn mit düsterer Miene an. „Selbstverständlich. Ich möchte euch jetzt nicht damit nerven, aber wärst du wohl so nett, mich morgen Früh ins Bild zu setzen?"

Dane nickte. „Abgemacht. Morgen früh schaue ich vorbei."

KAPITEL DREIZEHN

Dane betrat neben Chloe das Haus, seine Hand auf ihrem Rücken. Auf dem Heimweg hatte er es nicht lassen können, sie zu berühren. Es war, als ob er sich vergewissern hätte müssen, dass sie körperlich bei ihm war. Die Ereignisse des Nachmittags und Abends waren ihm noch in bester Erinnerung. Die pochende Angst, die er verspürt hatte, hatte kaum nachgelassen. Der Gedanke daran, was hätte passieren können, wenn sie sie nicht gefunden hätten, machte ihm Angst. In seinem Inneren kochte Zorn hoch auf Randall, Seth und alle anderen, die hinter Chloes Entführung steckten. Es gab noch viel zu klären, aber im Moment musste er einfach für Chloe da sein.

Als sich die Tür hinter den beiden schloss, nahm er sie in seine Arme und stieg mit ihr die Treppe hinauf. Ihre moosgrünen Augen musterten ihn im schummrigen Flur, interessiert und aufmerksam. Er trug sie durch das Schlafzimmer und ins Badezimmer, bevor er sie absetzte. „Jetzt wollen wir mal den ganzen Tag von dir abwaschen", verkündete er, während er die Dusche anstellte.

In Sekundenschnelle wurde der Raum vom Dampf durchdrungen. Chloe hatte sofort damit begonnen, sich auszuziehen. Dane entledigte sich ebenfalls seiner zerschlissenen Kleidung und folgte ihr unter die Dusche. Sanftes Licht drang durch den Dunst von Wasser und Dampf. Die glasblauen Kacheln schufen einen unwirklichen Raum um sie herum. Er zog sie in seine Arme und hielt sie einfach fest, während die Hitze des Wassers über sie hinwegrauschte. Er musste sich zwingen, einen Schritt zurückzutreten. Lust durchfuhr ihn wie eine Urgewalt. Während er sie einseifte, genoss er das Gefühl ihrer weichen Haut und ihrer Kurven unter seinen Händen. Als sie sich unter dem Wasser abspülte und ihr Haar mit Shampoo einschäumte, wusch er sich schnell. Seifenblasen perlten über ihren Körper, während sie sich die Haare auswusch. Bei ihrem Anblick begann sein Schwanz zu pulsieren.

Sobald sie die Augen öffnete, griff er wieder nach ihr. In ihren Wimpern hingen Wassertröpfchen, das Grün ihrer Augen leuchtete. Da streckte sie ihre Zunge heraus und leckte einen Wassertropfen auf. Er konnte sich nicht zurückhalten und gab ihr einen innigen Kuss auf den Mund, in den er sofort mit seiner Zunge eintauchte. Sie erwiderte sein wildes und heißes Verlangen. In ihm regte sich die Begierde. Nach dem Kampf heute Abend und seiner Schicht war er kaum in der Lage gewesen, sein ursprüngliches Begehren nach ihr unter Kontrolle zu halten. Dass sie jetzt hier war, nackt in seinen Armen, entfesselte alles, was er bisher zurückgehalten hatte.

———

Danes Kuss war heftig, durchdrungen von seiner Kraft. Durch Chloes Körper breitete sich unbändige Erregung aus. Das Verlangen tobte in ihr. Da hob er sie an sich und umfasste ihren Po mit seinen kräftigen Händen. Ihre Beine schlangen sich um seine Taille, als er an die Duschwand trat und sie mit dem Rücken gegen die Wand drückte. Er schmiegte sich an sie, seine Erregung ruhte in der Wiege ihrer Hüften, direkt an ihrer Spalte. Das Vergnügen durchfuhr sie, als er in sie eindrang und sich an den Nabel ihrer Lust schmiegte.

Der Nachmittag voller Angst, die Stunden des Bangens und Wartens und dann der Adrenalinstoß, als Dane und Jake gegen Seth und Randall gekämpft hatten, gipfelte in diesem Moment. Die urwüchsige Schönheit, mitzuerleben, wie Dane sich in seinen Löwen gewandelt hatte und sein wahres Selbst hervorgekehrt hatte, war so überwältigend gewesen, dass sie sich seither kaum noch zusammenreißen konnte. Das tiefe Gefühl, sich bei ihm sicher und beschützt zu fühlen, war mit nichts zu vergleichen, was sie je erlebt hatte oder sich hätte vorstellen können.

Dann löste er seine Lippen von ihr und murmelte ihren Namen, während er ihren Hals küsste und seine Lippen sich über einer Brustwarze schlossen. Sie wölbte sich ihm mit einem Schrei entgegen, als er sie sanft biss und seine Zunge kreisen ließ. Anschließend tat er dasselbe mit ihrer anderen Brustwarze. Sie wand sich ruckartig gegen ihn und drängte ihre Hüften gegen die warme Länge seines Schwanzes. Sie brauchte ihn und wollte ihn in sich spüren.

Da hob er seinen Kopf und strich ihr die nassen Haare aus dem Gesicht. Sie begegnete seinem Blick, diesen blaugrauen Augen, die sich so eindringlich nur auf sie richteten. Er hielt ihren Blick fest, während er nach hinten zurückwich und seine Eichel langsam durch ihre feuchten Schamlippen schob. Sie stöhnte auf und biss sich auf die Lippe, um nicht zu früh zu zerbersten. Dann füllte er sie mit einem schnellen Stoß bis zum Anschlag aus und schmiegte sich an sie, wobei sein harter, muskulöser Oberkörper an ihre Brüste stieß. Der Gegensatz zwischen seinem erhitzten Körper und den kühlen Fliesen an ihrem Rücken steigerte ihr Verlangen noch mehr. Er hielt einen langen Moment still, hob eine Hand und strich ihr über die Wange. Schließlich kam sie in ihrer Halsbeuge zum Liegen, während sein Daumen ihren Pulsschlag spürte.

Er begann erneut eine Abfolge von langsamen, tiefen Stößen, wobei er sie fest an sich drückte und seinen starken Griff nie lockerte. Plötzlich kam sie mit einem lauten Schrei und stürmte in seinen Armen dem Höhepunkt entgegen. Er folgte ihr kurz darauf und entlud sich zuckend in ihr. Seine Stirn sank auf die ihre. Ihr Atem vermischte sich mit dem Dampf und dem Wasser, das um sie herum niederging.

Ohne ein Wort miteinander zu wechseln, trockneten sie sich ab und fielen ins Bett. Dane schmiegte sie an seinen Körper, die Bettdecke umhüllte sie.

Am nächsten Morgen wachte Chloe auf und kuschelte sich an Danes Wärme. Er lag auf dem Rücken, den Kopf auf einen Ellbogen gestützt, während seine andere Hand in langsamen Kreisen über ihren Rücken fuhr.

„Es hat letzte Nacht geschneit." Seine Stimme war rau vom Schlaf.

Dann drehte er seinen Kopf, um ihr in die Augen zu sehen. Sie beugte sich vor und drückte ihm einen sanften Kuss auf die Lippen, bevor sie ihren Kopf auf seine Brust legte und aus dem Fenster sah. Das große Panoramafenster in seinem Schlafzimmer öffnete den Blick auf ein Feld und den dahinterliegenden Wald. Alles war mit einer leichten Schneeschicht bedeckt, als wäre in der Nacht Feenstaub verstreut worden.

KAPITEL VIERZEHN

Dane lehnte sich an Jakes Schreibtisch, die Arme verschränkt, und hörte zu. Jake und Hank Anderson, der Polizeichef von Catamount, unterhielten sich über Jakes Ermittlungsergebnisse gegen Callen.

Hank schüttelte den Kopf. „Verdammt, das ist ein ziemlicher Schlamassel. Callen hat uns in große Gefahr gebracht. Seth und Randall schweigen wie ein Grab. Wenn ihr mich fragt, steckt Randall bis zum Hals in der Sache drin. Was Callen angeht, stimme ich Jake allerdings zu. Das traue ich ihm durchaus zu. Ich weiß, dass das Ganze schrecklich für seine Familie und Shana sein muss", meinte er dann und warf einen Blick auf Dane.

Dane schüttelte den Kopf, er hatte die Zähne zusammengebissen. Shana hatte sich bei Phoebe verkrochen. Als er heute Morgen bei ihr vorbeigesehen hatte, waren ihre Augen vom Weinen so verquollen gewesen, dass er es nicht übers Herz gebracht hatte, sich weiter mit ihr darüber zu unterhalten. Er umarmte sie und ließ sie in Phoebes tröstendem Beisein zurück.

Und so fuhr Hank fort: „Also, mal sehen, ob ich das richtig verstanden habe: Callen hat mit jemandem im Westen Kontakt aufgenommen, der zwischen Montana und South Dakota hin und her pendelt. Callen hat seinen Plan unterbreitet, Shifter einzusetzen, um gegen viel Geld Drogen zu schmuggeln. Wir haben zwar keine Namen, aber es ist uns gelungen, Seths digitalen Fingerabdruck bis nach Montana zurückzuverfolgen. Offensichtlich hat derjenige, mit dem Callen in Kontakt gestanden hatte, ihn nach Catamount zurückverfolgt. Randall ist zwar in die Sache verwickelt, aber ich habe das Gefühl, dass er nicht alles über die Hintergründe weiß. Randall ist Callen immer auf den Fersen gewesen und hat versucht, sich zu beweisen. Callen hat gewusst, dass er mit Randall leichtes Spiel hatte. Seth hat mehr Ahnung. Das spüre ich. Das einzig Gute an Chloes Entführung ist, dass ich sie wegen eines Kapitalverbrechens drankriege.“

Dane spürte, wie der Löwe in ihm tobte und sich aufbäumte, denn sein Zorn über Chloes Entführung war ungebrochen. Er hielt sich zwar zurück, aber am liebsten hätte er seinen Löwen hier und jetzt losgelassen und Seth und Randall in Stücke gerissen. Aber der Mensch in ihm wusste, dass das weder Antworten bringen noch Chloes Sicherheit garantieren würde. Also zwang er sich, sich auf das anstehende Gespräch zu besinnen. Angesichts der vielen Gefahren, denen die Shifter von Catamount durch Callen ausgesetzt waren, war Dane erleichtert, dass Hank an den Ermittlungen beteiligt war. Hank war ebenfalls ein Shifter und wusste daher, wie man sich rechtlich absichert, ohne die Aufmerksamkeit auf Gerüchte über Shifter zu lenken.

„Kannst du das, was Jake herausgefunden hat, auch verwenden?", fragte Dane.

Hank schmunzelte. „Aber ja!" Dann wandte er sich um und sah Jake in die Augen. „Das Gute ist, dass du nicht an Durchsuchungsbefehle gebunden bist. Du kannst herausfinden, was auch immer du möchtest und es mir dann übergeben."

Jake nickte. „Und was jetzt?"

„Jetzt warten wir und lassen die Mühlen des Rechtssystems langsam anlaufen. Einerseits verschafft uns das etwas Zeit. Andererseits weiß ich nicht, ob und wer uns nach dieser Sache sonst noch alles in die Quere kommen könnte", antwortete Hank mit düsterem Blick. „Ich bin verdammt froh, dass ihr beide stärker und schneller seid als sie. Wenn wir es mit Shiftern zu tun bekommen, die wesentlich kräftiger sind, könnte das nicht so gut ausgehen. Ich habe meine Jungs bereits Pläne entwickeln lassen, wie wir die Stadt überwachen können. Ich hoffe, dass die Drahtzieher, sobald sie erfahren, dass ihr Plan nicht aufgegangen ist, keine weiteren Schritte mehr unternehmen."

Danes Gedanken kreisten um den Anblick von Chloe, wie sie allein und verängstigt in der Ecke der Hütte gesessen hatte. Er erinnerte sich an den Bericht, dass sie in den Wagen gezerrt worden war. Er war sich nicht sicher, ob es gut oder weniger gut war, dass er das nicht miterlebt hatte. In seiner Fantasie hatte er die wildesten Vorstellungen der Ereignisse. Doch Chloe beharrte darauf, dass die beiden Entführer ihr nichts angetan hatten. Sein Magen kochte vor Wut, als sie sie als „Druckmittel" bezeichnet hatten. Mit einem heftigen Kopfschütteln richtete er seinen Blick wieder auf Jake und Hank.

„Haltet mich bitte weiter auf dem Laufenden und

lasst mich wissen, wie ich euch sonst noch helfen kann." Dabei warf Dane einen Blick aus dem Fenster. Es war früher Abend und die Sonne ging bereits unter. Rund um den Stadtpark funkelten die Festtagslichter. In einer Woche stand Thanksgiving vor der Tür. „Ich muss jetzt zu Roxanne, um Chloe abzuholen. Bis später." Bei diesen Worten winkte er kurz und begab sich dann zu seinem Wagen.

Wenige Augenblicke später hielt er auf der anderen Straßenseite vor Roxannes Laden. Chloe hatte den Vormittag in seiner Praxis verbracht. Auch wenn Seth und Randall im Gefängnis saßen, hatte er ein ungutes Gefühl, sie im Moment irgendwo allein zu lassen. Er hatte schnell gemerkt, dass sie nur zu gern mit anpackte. So hatte sie seiner Sprechstundenhilfe Jackie geholfen, den Großteil der Akten zu bearbeiten. Nachdem sie bei Roxanne zu Mittag gegessen hatten, hatte Roxanne versprochen, den Nachmittag über ein Auge auf sie zu werfen.

Als er auf den Laden zuging, wehte ihm ein kräftiger Windstoß entgegen. Herbstblätter wirbelten durch die Luft und wehten über die Straße. Der leichte Schnee von gestern Abend war im Laufe des Tages geschmolzen, aber der Winter war unaufhaltsam im Anmarsch. Dane rechnete mit einer ordentlichen Menge Schnee in den nächsten Wochen.

Als er Roxannes Laden betrat, atmete er tief durch. Roxanne hatte im hinteren Teil des Geschäfts einen gemauerten Backofen, der eine Menge Wärme erzeugte und den ganzen Laden mit dem Duft von frisch gebackenem Brot erfüllte. Er schlängelte sich durch die Gänge und begegnete Chloe, die mit einer Tasse Kaffee und ihrem Laptop an einem Tisch saß. Sie begegnete seinem Blick mit einem Lächeln, und ihre moosgrünen Augen zogen ihn an. Was als kurzer

Kuss gedacht war, verwandelte sich schnell in einen tiefen, sinnlichen Kuss, der ihr den Atem raubte. Ihre Zunge fuhr über seine Lippen und verschränkte sich sofort mit seiner, als er seinen Mund öffnete. Dabei berührte er ihre Wange und sein Daumen strich über ihren Puls.

Ein Räuspern in der Nähe riss ihn aus seinen Gedanken. Widerwillig löste er sich von ihr und sah, dass Roxanne am Tisch stand und ihm eine Tasse Kaffee hinhielt. „Ich bemühe mich hier, dich so schnell wie möglich zu bedienen, und du bist drauf und dran, sie auf den Tisch zu werfen." Roxanne schmunzelte und schüttelte den Kopf. Der Stift, den sie so oft hinter ihrem Ohr verstaut hatte, rutschte heraus und fiel klappernd auf den Boden.

Dane beugte sich vor, hob ihn auf und reichte ihn ihr mit einem verlegenen Lächeln. „Ich kann nicht anders. Danke für den Kaffee", antwortete er, nahm ihn entgegen und setzte sich Chloe gegenüber.

„Du kannst sie küssen, wann immer du möchtest, aber bitte unterlass hier drin alles, was nicht jugendfrei ist", bat Roxanne. Dann warf sie einen Blick zu Chloe. „Hast du es ihm gesagt?"

Dane blickte zu Chloe. „Mir was gesagt?"

„Ich habe eine Idee, welchen Job ich übernehmen könnte! Roxanne sagt, Catamount könnte einen neuen Buchhalter gebrauchen. Das ist genau das Richtige für mich, da ich ja einen Abschluss in Wirtschaft und Buchhaltung habe. Das ist zwar nicht alles, was ich gerne machen würde, aber es hält mich auf Trab. Und sobald ich genug Kunden habe, um mich über Wasser zu halten, eröffne ich meinen eigenen Klamottenladen. Ich wollte mich schon immer selbstständig machen, aber ich habe gedacht, dass das so früh noch keine sichere Entscheidung wäre. Aber dank meiner

Kenntnisse in Buchhaltung und der viel günstigeren Mieten hier, werde ich schon was auf die Beine stellen können." Chloes Augen leuchteten.

Dane freute sich, denn er wusste, dass sie sich nicht damit zufriedengeben würde, in Catamount zu bleiben, ohne sich ein eigenes Standbein aufzubauen. Er grinste und hob seinen Kaffeebecher, um einen Toast auszusprechen. „Wunderbar! Und mit meinen Konten kannst du gleich anfangen."

Roxanne grinste und entfernte sich. Dane warf Chloe einen langen Blick zu. „Mir ist schon aufgefallen, dass du nicht gerne faulenzt, also ist es gut zu wissen, dass du dir schon was überlegt hast."

Chloe zuckte verlegen mit den Schultern. „Ich liege eben nicht gerne auf der faulen Haut." Dann hielt sie inne und musterte ihn mit zusammengekniffenen Augen. „Hast du schon mit dem Polizeichef gesprochen?"

„Ja. Er hat durch Jakes Internetschnüffelei eine Menge zu tun. In der Zwischenzeit kann er Seth und Randall wegen der Entführung anklagen, also brauchst du dir darüber keine Sorgen zu machen. Und wir warten bis dahin einfach ab. Du hast sicher schon mitbekommen, dass die meisten Leute in der Stadt völlig ausflippen. Die Nachrichten über Callen sind ziemlich übel."

Chloe nickte ernst. „Ich weiß. Ich wünschte, wir wüssten alles, zum Beispiel wer dahintersteckt, wen Callen kennt und so weiter. Er hat alle Shifter hier in Gefahr gebracht. Es macht mir Angst, dass wir noch nicht mehr wissen."

Bei diesen Worten schnürte es Dane die Kehle zu. Er hatte nicht daran gezweifelt, dass sie vorhatte, in Catamount zu bleiben, aber ihre Sorge bedeutete ihm mehr, als er in Worte fassen konnte. Sie hatte ihn und die anderen Shifter angenommen – es war ihr wichtig, dass es ihnen gut ging und dass ihre Zukunft gesichert war. Er begegnete ihrem Blick und besann sich wieder auf den Augenblick.

„Du und ich, wir beide. Wir arbeiten daran. Da fällt mir ein, dass wir uns noch gar nicht darüber unterhalten haben, was du an Thanksgiving vorhast? Ich hoffe natürlich, dass du hierbleibst, aber ich weiß, dass du vielleicht deine Familie besuchen möchtest." Er ergriff über den Tisch hinweg ihre Hand und strich mit dem Daumen über ihren Handrücken.

Sie lächelte sanft. „Das wollte ich dich eigentlich fragen. Ich meine, ich bin jetzt hier und bleibe auch, aber ich habe nicht gewusst, was du normalerweise über die Feiertage machst. Ich habe mir gedacht, wir könnten Thanksgiving hier feiern und ich könnte dich später mal zu meiner Familie mitnehmen."

Da pochte Danes Herz gegen seinen Brustkorb und der Löwe in ihm schnurrte. Der Gedanke, sie hier bei sich zu haben, während einer Zeit, in der Familie und Glückseligkeit im Vordergrund standen, bedeutete ihm so viel, dass es ihm das Herz zuschnürte. Er lächelte sie an. „Klingt großartig."

Als sie ein paar Minuten später nach draußen traten, hatte es angefangen, zu schneien. Riesige Flocken rieselten vom Himmel herab und funkelten in den Straßenlaternen.

EPILOG

Chloe lief über die Straße zu Roxannes Laden. Der Boden war mit Schnee bedeckt. Ein paar verbliebene helle Herbstblätter wirbelten in der Luft und hinterließen bunte Farbtupfer im Schnee. Während sie die Treppe zur Tür hochlief, schwang diese auf und Roxannes lächelndes Gesicht erschien dahinter.

„Hallo, du bist aber früh dran. Lass mich mal", verkündete Roxanne und nahm Chloe eine warme Auflaufform aus den Händen.

Dane hatte ihr erklärt, dass sie schon lange bevor seine Eltern gestorben waren, zusammen mit ein paar anderen Familien aus der Gegend Thanksgiving in Roxannes Laden verbrachten. Die Tradition hatte sich schon vor dieser Generation eingebürgert, aber sie wurde ohne Unterbrechung fortgesetzt. Dane wollte sie hier treffen, nachdem er kurz in seiner Praxis vorbeigeschaut hatte, um den gebrochenen Arm eines kleinen Jungen zu versorgen, der heute Morgen mit seinem Fahrrad auf der vereisten Straße gestürzt war.

Chloe folgte Roxanne in den Laden und bahnte sich ihren Weg durch die Gänge. Als sie den Feinkostbereich und das Café erreichte, stellte sie fest, dass hier alles umgestaltet worden war. Die kleinen runden Tische waren an der Wand entlang aufgereiht worden und zwei lange Tische waren so zusammengeschoben worden, dass über zwanzig Personen Platz fanden. Der ganze Laden duftete nach leckerem Essen. Roxanne machte sich schnell an die Arbeit, Chloe schöpfte frisch gebrauten Apfelwein und schnitt Kräuterbrot auf, das Roxanne gerade aus dem Ofen holte.

Innerhalb einer Stunde war der Raum mit Gästen gefüllt. Chloe hatte die meisten von ihnen schon kennengelernt. Und Roxanne sorgte dafür, dass sie jedem vorgestellt wurde, den sie noch nicht kannte. Chloe dachte an den letzten Monat zurück und fand es schwer zu glauben, dass sie sich in Catamount so wohl fühlte. Aber es war einfach so und das wollte sie nicht in Frage stellen. Wenn sie mit Dane zusammen war, pochte ihr Herz pausenlos vor Freude und Verlangen. Wie sie schon an jenem Abend im Wald festgestellt hatte, als er sie in der Höhle aufgefunden hatte, war die Verbindung zwischen ihnen so stark, dass nichts und niemand sie erschüttern konnte. Die Dorfgemeinschaft war nicht länger höflich und zurückhaltend, sondern hieß sie mit offenen Armen willkommen. Die Nachwehen der Entführung wirkten in der Stadt und in ihr zwar noch nach, aber das Ereignis schien die Leute dazu gebracht zu haben, sich um sie zu scharen. Die Shifter wussten, dass sie sie angenommen hatte.

Das Einzige, was ihr Glück trübte, war die unterschwellige Angst und Traurigkeit über Callen, seinen Tod und das, was die Stadt seitdem über ihn erfahren hatte. Sobald sein Name fiel, ging es nur noch um Verrat und Angst. Chloe hatte ein paar Mal die Gelegenheit, Zeit mit Shana zu verbringen und fühlte tief mit ihr. Auch wenn sie Shanas Erfahrungen nicht ganz nachvollziehen konnte, so erkannte sie doch, wie es war, herauszufinden, dass jemand, dem man vertraut hatte, gar nicht derjenige war, für den man ihn gehalten hatte. Sie hoffte für Shana, dass sie darüber hinwegkommen würde. Was die Shifter anging, so gingen die Ermittlungen weiter, um herauszufinden, wer sonst noch hinter Callens Plänen gesteckt hatte. Dane hielt sie auf dem Laufenden und hatte ihr erzählt, dass sich die Ermittlungen von Maine bis nach South Dakota und Montana erstreckten. Die Zeit würde zeigen, was sie herausfinden würden.

Chloe blickte auf, als sie ihren Namen hörte. Da bahnte sich Dane durch den Raum seinen Weg zu ihr. Der schwache Geruch von Rauch haftete an ihm. Sie beugte sich vor, um ihn zu küssen und errötete, als er sie an sich zog und mit seiner Zunge ihren Mund eroberte. Er machte niemals halbe Sachen, und dieser eine Kuss raubte ihr den Atem.

„Wie oft muss ich euch denn noch daran erinnern, dass ihr es langsam angehen lassen sollt?" Roxannes Frage zerriss den Dunst der Leidenschaft.

Chloe errötete, als Dane sich zurückzog. Mit einem Grinsen zuckte er mit den Schultern, ganz ohne Reue. „Ich würde ja behaupten, dass es mir leidtut, aber das tut es nicht."

Roxanne klopfte ihm auf die Schulter. „Sei froh, dass ich sie mag, sonst hättest du es hier noch viel ungemütlicher."

Die nächsten Stunden vergingen wie im Flug mit Essen, Wein, Apfelwein und einem überwältigenden Gefühl der Zusammengehörigkeit. Nachdem das Thanksgiving-Dinner serviert worden war und alle satt waren, fuhr Chloe neben Dane durch die stille Nacht nach Hause. Das Laub wehte im Scheinwerferlicht über die Straße. Als sie zu Hause angekommen waren, entfachte Dane ein Feuer im Kamin in seinem Schlafzimmer. Chloe saß auf der kleinen Couch neben dem Feuer und hatte ihre Beine auf Danes Schoß gelegt.

Da wandte er sich ihr zu, seine blaugrauen Augen waren auf sie gerichtet. Während er ihren Blick festhielt, griff er nach einer kleinen Holzschachtel, die auf dem Tisch neben der Couch stand. Er hielt es in seiner Handfläche und sah ihr dabei in die Augen. „Ich wusste es bereits in der Nacht, in der ich dich kennengelernt habe. Es gibt niemanden für mich außer dir. Ich habe überlegt, ob ich warten soll, aber ich möchte keine Zweifel an meinen Absichten aufkommen lassen. Und wenn du mir gleich sagst, dass du noch nicht bereit bist, dann warte ich eben."

Mit diesen Worten reichte er ihr die Schachtel, die von seiner Berührung noch ganz warm war. Ihr Herz schlug wie wild – Freude und Vorfreude gepaart mit Ungewissheit durchzuckten sie. Die Schachtel war alt, das Holz war von einem tiefen, satten Braun. Schnitzereien überzogen ihre Oberfläche. Als sie die Schachtel aus der Nähe betrachtete, erkannte sie auf jeder Seite kunstvolle Schnitzereien von Berglöwen. Dann hob sie den Deckel an und staunte. Ein wunderschöner, mit Smaragden und Diamanten besetzter Ring war darin eingebettet.

Ihr Blick flog zu Dane. Zum ersten Mal sah sie einen Hauch von Unsicherheit in den Tiefen seines Blicks. „Ich habe den Smaragd ausgesucht, weil er mich an deine Augen erinnert."

„Oh, oh ..." Tränen stiegen ihr in die Augen. Für den Bruchteil einer Sekunde spielte ihr Verstand verrückt und die Planerin in ihr wollte ihr zu verstehen geben, wie unüberlegt es wäre, Dane so schnell zu heiraten. Aber ihr Herz kannte die Wahrheit und mahnte ihren Verstand, sich nicht unnötig Sorgen zu machen.

„Es gibt keinen Grund zu warten", antwortete sie schlicht.

Dane stockte der Atem. Dann zog er sie auf seinen Schoß. „Obwohl ich vom ersten Moment an gewusst habe, dass du für mich bestimmt bist, hätte ich keine Ahnung gehabt, was ich gemacht hätte, wenn du dir nicht sicher gewesen wärst. Ich hätte gewartet ..."

Chloes Herz raste vor Freude, es war so prall vor Liebe, dass sie ihre Gefühle kaum zurückhalten konnte. Mit einem sanften Kuss unterband sie seine Worte. „Aber das brauchst du doch gar nicht."

Da senkte sich Danes Stirn auf die ihre und seine Lippen fanden die ihren zu einem zärtlichen Kuss.

Melden Sie sich unbedingt für meinen Newsletter an, um die neuesten Nachrichten, Leseproben und mehr zu erhalten! Klicken Sie hier, um sich anzumelden: https://jh-croix.ck.page/ee53a5ef22

Als nächstes in der Serie: **Erwählte Gefährtin**

ÜBER DEN AUTOR

USA Today-Bestsellerautorin J. H. Croix lebt mit ihrem Mann und zwei verwöhnten Hunden in einer kleinen Stadt. Croix schreibt zeitgenössische Liebesromane mit starken Frauen und Alphamännern, die sich nicht scheuen, Gefühle zu zeigen. Ihre Liebe zu schrulligen Kleinstädten und den dort lebenden Charakteren spiegelt sich in ihren Texten wider. Machen Sie einen Spaziergang auf der wilden Seite der Romantik mit ihren Bestseller-Romanen!

jhcroixauthor.com
jhcroix@jhcroix.com

facebook.com/jhcroix
instagram.com/jhcroix
bookbub.com/authors/j-h-croix